KB161644

김계덕 제10시집

제1부 그날 이후
제2부 〈장시〉 6·25전쟁

동서문화사

金桂德詩人八旬紀念詩集

책머리에

백범 저격(1949. 6. 26) 그 순간 하학길에 총소리 따라 달려간 경교장 뒷문, 그로부터 일 년에서 하루 전인(1950. 6. 25) 육이오 당일 사직 공원에서 야구 놀이 중 '외출 장병 즉각 귀대'하라는 다급한 목소리의 군트럭 스피커로 확인된 북의 남침.

고요 깨뜨리며 줄줄이 무악재 넘는 피에 굶주린 소련제 탱크의 게터필더, 밤하늘 가르는 굉음과 섬광 이어 두 토막 나는 한강 다리, 빙빙 층층대에 올라 옥상에서 놀던 독립문 꼭대기에 난데없이 걸린 두 상판의 스탈린, 김일성.

지옥의 석달 만에 인천 상륙, 구이팔 수복으로 불바다 잿더미로 변한 행촌동 그 일대, 우박처럼 내리꽂히는 죽음의 파편을 피하느라 머리까지 이불 푹 뒤집어 쓰고 불길 속 헤치며 시체와 시체 더미 비집고 뛰어나온 그날 이후.

통일의 기운 압록강 푸르른 물 깊숙히 흐를 즈음, 마오쩌뚱의 붉은 깃발이 거리를 쓸며 밑으로 핏물 튀기며 불어 불어, 운명을 송두리째 흔들어 뒤바뀐 평소의 '기대'를 한 줌에 앗아 간 일사 후퇴의 맨손 맨몸의 중1 짜리 피난 천 리 길.

안산과 인왕을 좌우에 걸은 독립문 공원길 아파트 17층 창 밖에는 육이
오를 전후한 흑백과 컬러의 영상이 파노라마처럼 펼쳐진다.
언덕 위 측후소 그 아래 한복판 오거리 행촌동 팔십오번지의 바로
그 집 한 터에만 눈길이 쏠려 박히며, 지난 일이 번개처럼 떠오르며 훤
하다.

아파트와 빌딩 사이사이에 내보인 빈 가슴을 헐은 폐허의 흔적은 이
미 몇 차례 지워지고, 사직 터널 뒤 멀리 빽빽이 순을 친 고층 빌딩숲
은 뒷날의 기억을 외면한 남산 타워 껌벅이는 빛 더불어 불야성을 이
룬다.

낮과 밤 가릴 것 없이
가슴을 두 손으로 추슬러
팔십 나이가 늘 창 밖을 보느라면
가슴과 머리는 각각 서로 다른
두 이미지의 혼란에서 벗어나려
내면으로 침잠해 본다

아픔과 환희
그 둘 중 어느 것이 내 마음 속에서
더 나를 흔들었을까
환희가 극에 이르면
또다른 아픔이 기다린다

두 세계를 둘로 찢어 가르면
어느 것이 더 괴롭힐까

모든 존재 한복판에 있는
하나의 순수한 자아
그것이 모든 것을 움직인다

아닌 것도 아니고
아는 것도 아니고
모르는 것도 아니고
보는 것도 아닌,
그것은 형체 없는
내 속의 참된 자아의 실체이다

초등학생 4학 년 시절 공책 두 권을 한데 묶어 반 친구 세 명이서, 옛날 얘기나 전설, 동시, 소식 등을 연필과 크레용으로 삽화까지 글여 쓴 잡지 〈꽃다발〉은 비록 두 권 내는데 그쳤지만, 그런 일로 그래서인지 훗날 에디터로 출판사를 꾸리고 글 쓰는 그 기억은 평생 잊을 수 없다.

시인으로 문단 데뷔한 지 만 40년이 된 오늘, 20대에 쓴 장편소설과 단편 등은 소설집 낼 분량 정도이고, 대학 국어국문과 3년 때 문예작품 발표에 '산문'이 등수에 뽑혀 문학을 시작한 연수 따지면 나의 문단 경력은 꼭 '60년'이다.

〈소설〉로 추천 데뷔를 권유하던 원로 소설가 H씨(영문학자 W씨와)는 첫 시집을 보고 "이제 성공했느냐"는 한 십 년 만의 전화 목소리, 가슴을 또 울렸다.

이렇듯 이런저런 옛일을 즐거히 되씹고 있으니, 이제 무엇을 또 바라고 무엇을 어떻게 탓하랴. 그래도 행복하잖은가.

제10시집에는 1. '그날 이후' 2. 〈장시〉 '6·25 전쟁'을 함께 싣는다. 육이오 전쟁에 관한 한 잊을 수 없는 일들이 너무 많다. 그래서인지 언제부터 이에 관해 무엇이든 써야겠다는 압박을 받아 왔다. 하찮지만 그 결과의 글이 이번의 것이다. 따지자면 이 내용 말고 기가 막히는 절망의 진한 얘깃거리는 너무 많지만 더는 쓰지 못해 안타까울 뿐이다.

2015.   김 계 덕

김계덕 제10시집
차례

제1부 그날 이후

제1편

제1부 그날 이후

제1편

여울의 노래

언 땅에서
시간을 넘은 긴 여로에도
싹을 피우지 못하고
깊은 잠으로
통한의 숱한 날을 숨 쉴 수 있었던
씨앗은
두 가슴이 심고 키운
뜨거운 두근거림이었네

그런 여울의 슬픔 달래고 다듬던
기억과 욕망은
마른 이파리 나뒹구는 들판
바람에 쫓겨 떠도는
빈 주먹뿐이었네

차라리 피울음 토할 싹을
한사코 저은 계절의 잔인함에
지워진 좌표에 섰을
아, 빛마저 등 돌린
작은 가슴 첫울음의 회한이여

그 이름

영혼에 칼질한 상처에
안식의 깃발로 퍼덕이는
그 이름

휘파람 대신
배설의 한 평 공간에서
바닥 타일의 꽃무늬 그리며
입술에 붙어
버릇처럼 뇌이는
그 이름

한 올 한 올 수놓는
당신이 밟고 갈
이 붉은 카펫 끝자락에 새기는
이정표의 새 푯말

행여 올지 모를
어느 길목에서
가슴 쪼개듯 활짝 펴 보일
소망의 수틀에 짜 넣는
그 이름
끝없는 뇌임질

그 이름 이미 지워지고

만난 지 언제인데
그 이름 이미 지워지고
허무의 늪에
소리만 맴돌 뿐
빈 벌판 어디에 서 있는가

백지를 흠집내어
기억까지 지울 수 없는
그 이름은
그래도 살아 주어야
회한의 갈피에 서린 한을 달랠
이째서 이렇듯 그 이름이
진하게 뜨일까

관계의 고리 벗지 못하는
지우기와 찾기의 끊임없는
반복의 되풀이여

까맣게 지웠다지만
자리에 남은
미완의 서러움이
마지막 운명의 순간에도
왈칵 소리내 부르며
한 줌 재가 될
뜨거운 가슴의 편린들이여

살아 있다는 그것에 눈 돌리면
어제는 이미 없으며
내일은 오지 않아
지금의 시간이 영원이다

해도
하지 않아도 되는
살아 있는 지금이 그 시간인데
손 댈 수 없는 응어리는
차마 건들이지 못해
머리에서는 지우고
가슴에는 품었는지

자고 나면 으레
옆자리에 있어야 할 그인데
돌계단 비스듬히 들던
그나마의 빛도 사라진
지하 역구에
모자 눌러 쓰고
무임 승차의 순서 기다린다

다시 시작하자

최초의 혼돈
그 소용돌이 속으로 들어
무(無)에서 다시 깨어나

뿌리는 말라 비틀어지고
내음으로 찬 골짜기
공기는 까맣게 찌들었으니
원초적 공유의 질서 위에
태초에서 다시 시작

지구 종말에 있는
구조들을 부수고
과거로의 길로
먼저 사람부터 가자

뒤안길에 숨겨진 것들

목구멍에 그것을
울컥 토해 낸다
붉다 못해 시커먼 핏덩이는
지난 시간에 찌든
역겨움 노여움 슬픔
미처 달래지 못한
사연의 찌꺼기들

녹지도 커지지도 못하고
한으로 꽁꽁 뭉쳐
숨 쉼을 막아
울컥 밖으로 토해 내지만

그 뒤안에 숨겨진
토해 버릴 수 없는 그것이
깊숙이 붙어
시원함도 무위로 끝나
가슴이 답답할 때마다
가슴팍을 내밀고는
냅다 오줌을 깔긴다

역설과 진실

향을 뿜지 못하는 꽃이면서
나비 날아 덤비기 바라며
나비는 현란한 색깔에만 홀려
꽃을 찾는다는 역설이
절벽 끝에 걸리고

역설의 머리 빈 껍질은
박쥐처럼 절벽에 매달리고
남은 가슴만
탁류의 강물에 빠지는데

꽃은 꽃이 아니고
나비는 나비가 아니라는
떨어지는 그들의 가슴을 보면서도
보이지 않는다는
강물은

소리 내 흐르면서도
흐르지 않고
다만 떠내려 간다며
내려앉는 빈 가슴을
손으로 저어 밀어 낸다

그날 이후

하늘이 까맣게 찌들면서
피뢰침 안테나
첨탑의 십자가는 꺾이고

새소리 냇소리
한 움큼 빛마저
꺼진 땅 침묵의 절벽에 묻히더니

신의 과제물 실린
마지막 한 척의 난파선이
바다 끝에서
곤두박질치며 침몰하고 있다
바람 한 점도 없는데

겨울 들판에 서다

눈꼽만한 풀꽃의 발가락 고것들이
가슴벽을 치며
향그러운 숨 고르는
겨울 들판에

계절의 행간을 메우려
쌓인 낙엽은
눈 속에 침묵으로 누웠고

갇힌 담장을 못 허물은
새들은
나래짓도 접은 채
빈 자리의 제 내음만 기억하는데

미래의 만남을 애태우는
눈빛, 눈빛들은
빙점의 산야에
꽁꽁 얼어 있다

연모

가슴에 손을 모은
기도의 꽃비 내리는
잎새 틈으로
그 얼굴이
겹으로 뜬다

어쩌다 손 끝에
얼음 같은 살갗이 닿을라치면
바다 한가운데 뜬다

밤마다 억새밭을 달리는
바람 속에
달빛에 그을린
그의 뒷모습이 잠기는 듯
다시 뜬다

이대로의 잠 속의 우울

눈만 뜨면
온통 사막이다
모래바람에 찢겨지는
통한이
어디 어제 오늘인가

유혹과 배반

열띤 입김에서인지
잎새 푸르름 더하고
포옹의 꽃잎 숨결 흐느끼듯
향을 뿜어

첫 만남에서
그의 몸은
폭우에 순결을 찢기더니
저항의 등 떠밀려 추락하면서도

돌아갈 수 없는
빈 길에서
밤새 몸부림치며 뒹구는
꿈의 배반이
첫서리를 내리게 한다

반란의 숲

숲은 푸르러 아름답다지만
빛을 몰아낸 자리에 든
검은 그림자,
그 안의 눈꺼풀은
쾌락에 들뜨고
언어마저 부서지는
공허에 쌓인다

땟국 눈물도 말랐거늘
잠들지 못하는
밤 한복판에
돌개바람 휘파람 소리

활활 타버리는
불꽃의 화려함이
내려앉는 가슴에 위안을 주려나
그러면 별빛과의 교감 끊어지는
아픔은 또 어떨 건가

땅끝의 행진

언제 뿌린 소나기인지
땅은 갈라 터지고
벌레마저 사라져
소리의 원근감도 없앤
타버린 풀섶에서
궁핍을 더듬는 손길들

아픔마저 몽혼된
얼어붙은 무덤 속에
박제되어 차라리 행복한
선(禪)의 눈은
미명에 감기는데

살아 있는
우울한 언어의 기쁨들은
너훌너훌
별과 더불어 춤춘다

한 해 끄트머리에서

휙휙 빨리도
그냥 가는 것도 아닌
핥아 씹고
힘겹게 쌓은 흔적마저
슬쩍 지워
입가의 핏자국 훔치며 가는데

가다간 다시 돌아올는지
엄두 못내는
한 해 끄트머리에서

갑년이 한 주기라면
이제 겨우 세 살인데
또 한 번 한숨이
어이없이 터진다

사십년 후

서른 해의 풍랑 견디다 못해
애써 쓴 그것이
불에 지펴
연기로 날렸어도
가슴만은 뭉치를 껴안았다

십 년의 그후
책더미 속에 삐닥이 머리 내민
두 권의 책 표지 안장에
그 이름 그의 싸인이
순간 꿈틀 일어나
목을 감는다

반세기 지난
종이에서 풍기는
뭉클한 그의 몸내
코에 감기면서 등뼈 훑어 내고
행간을 빠져 나온 활자들은
그의 목소리로
가만가만 냇물로 흐른다

그렇듯 지우려도 되살아나는
그의 미소 그 열정은
마흔 해를 훌쩍 넘기고도
그때 그대로인데

머리칼만 세었겠지
자칫 식을 줄 모를
부활한 첫사랑 가슴에
더는 지울 수 없이
터덕터덕 빛을 바르는데

빈 가슴의 싸늘한 바람은
육십년대 별 뜨는 풍경만을 그리고 있다

고희의 귀환

서럽던 피난길
첫사랑의 푸른 파도 넘실거린
마산 앞바다
바닷갈매기의 울음
지금도 들리는데

피난 가기까지 꿈 키워 온
그 거리 그 둥지,
고희가 돼서야
비켜 앉은 독립문 옆에
자리 틀었는데
인왕 남산 하늘 푸르름 구름은
예전 그대로잖은가

반세기 넘었는데
까마득히 들리는 육이오의 포성,
그때의 행촌동집 앞에 들어서자
갑자기 햇빛이 파편쪽인 양
허공에 확 깔려
후두둑 떨어진다

행촌동 일대의 불더미 위로
치솟고 일어선 건물들
분노의 눈 속에
변해 없어진 것들이

기억의 산 영상으로
그 길을 더듬는데

그때의 벌거벗은 친구들
이 골목 저 골목
한 놈도 그 얼굴 내밀지 않는다

잊어버리기 연습

자라면서 사람으로 깨우치는
어릴 적 일부터 아예 잊어버리자

둘러 쓴 이불에
파편들이 꽂히며
피붙이의 주검들이 너부러진
그 길을 잊어버리자

그럴 수도 아닐 수도
어둠의 여울에서
들은 일 궂은 일
알갱이까지 건져 잊어버리자

허무와 실존의 두 줄을 쥔
니체의 잠언 이후의 느낌표 의문표도
없었던 것으로 잊어버리자

별빛에 스친 하늘거리는
풀잎의 울음
빛을 껴안은 바람이
목을 휘어잡고 내려앉는
비탈의 은빛 억새도
못 본 것으로 잊어버리자

만난 사람

떠난 이의 이름도
웨딩 드레스 긴 자락에 숨긴
배신의 뒷꿈치도 끝내 잊어버리자

세상의 모든 빛이
하얗게 바래
백지로 남았으니
그것 그대로 깡그리 잊어버리자

누구의 손에 질질 끌려
코를 찌르는 땅 헤집고 누울
그 자리는 없었던 것으로

적들의 서슬이 시퍼래지며
왔다 간 흔적조차
남기지 못하는 기억들도
도려내 잊어버리자

나는 나다

햇살이 잎새에 넌지시 내려앉자
바람이 좇아와
가만히 턱을 치켜들면
불꽃 화르르 몸을 사르는데

때 되면 피는
봄꽃의 살피듬이
누구를 닮아 그리 고운가

겨울이 봄으로
봄 스스로 여름이 되지 않고
가을 가고 겨울 지나면
순서대로 봄은 오는데

파도가 저 멀리 있는 듯한데
어느새 뒷덜미에 와
등 두드리며 밀려든다

베푼 일 없으니
받을
무엇도 없고
무엇도 가진 것 없으니
내밀 수 있는
빈손의 자유

어디서든 스러지고
언제든 일어서는
저편에서 오는 것이 아닌
그 편으로 가는 것도
나는 나이며
처음부터 끝까지 나다

호모 에로틱스

뒷다리로 서서 걸어
심줄 강하게 부풀고
목청 커지며 말문 열린
호모 사피엔스

육식과 날알을 먹고 분비된
내분비선의 능력은
피둥피둥한 살갗의 관능미로
어느 때든 일어서는
이름의 쾌락

숭숭 털이 빠진
살결의 야들야들한 쌍곡선미는
사내를 꾀어 홀려 녹이는
절묘한 무기로
호모 에로틱스의 찬가 흐느적이며 퍼지는데

칠십만년 전 침팬지 고릴라와
사람의 유전자 차이는 1.5퍼센트였음을
저들은 까맣게 모르며
밤낮 가리지 않고 벌거벗은 채
거리거리를 휩쓸고 있다

제2편

그 이름의 허상이여

미우면서도 기다려지고
기다리면서도 괴로워
떨어졌어도 언제건
내려가 만나야 할 밑자락이
저만치 보이는데

찢긴 그 이름
으스러져라 껴안고
애써 예까지 온 내게

왈칵 쏟을 눈물은커녕
핏속에 더불어 불 지펴 엉킨
뜨거운 목소리마저
이젠 저으니

그간이 어디
한 뼘쯤의 세월인지
쫓기는 길보다
돌아가는 길이 더 험한데
불빛 꺼진 창살 헝클어 들어
이윽고 창녀로 눕는
그 이름의 허상이여

어딘지의 끝에서

봄 여름 가을 겨울 네 계절
그것도 몇 번을
너와 나의 뜨거운 입김 부어
씨 뿌리고
꽃 피워
열매 거뒀는데

어느 하루 아침
너와 나의 지난 그 숱한 흔적
바삐 지우느라
끝내 너는 그토록 애썼지만
가져 가야 할 생명의 몇 줄은
뒤집어 엎었다간 별 수 없이
서둘러 빈 껍질만 챙겨
강 건너 바다
거기까지 갔거늘

그래도 그때의 가슴 한 켠의 멍울
볼 수도
지울 수도
거둘 수도 없는
하많은 깊은 사연 몇 줄은
거친 그 물살에 떠밀려
따를 수도
밀릴 수도 없이 부대끼며

뜨거운 품에 안겨
온몸으로 느낄
누구의 손길만 기다리는데

저 어딘지 끝에서의
너의 눈은
오늘도 차마 감지 못하겠지

한 줌 재마저 날릴 때

꽃이 벙긋 피어오르든 말든
이미 불꽃의 열기로
충만을 느꼈으니
애석할 아무 것도 없다

모두 타버린
한 줌의 재마저
미련 없이 불어 날릴
바람의 끝없는
저 캄캄한 여백에
나를 감을 때의 마지막
희열만 남아 있다

창 밖을 볼 때마다

너의 이름이
저 잎새에 누우면
잎들은
하나 둘
바람의 목에 졸려
허공에서 울먹이며

그 이름
목메어 부를 때마다
헝클어져 떠오른
젖은 얼굴은
하얗게 바래지며 거푸 부서진다

창밖을 볼 때마다
울음 피우는 잎들은
바닥을 기며
멍든 가슴 속에
다시 설움을 겹겹이 심고서는
떠날 생각을 잊고 있다

별빛에 젖다

어디서 소리 없이
사뿐히 햇살 타고
빈 자리에 들어
곱게 몸짓을 하더니

한껏 취한
품안의 향내에서 깨어
깜짝새 흔적을 감춘
첫사랑의 열정

강물에 뜬 별빛이
은은히 밤 바람에 실려
고개 숙인
잎새의 겨드랑이 간질으면
꽃볼은
한낮의 일로 붉게 번지고

젖은 별빛은
가슴을 헤집고
잔향(殘香)에 듬뿍 취해 있다

너였더라면

애가 아닌
네가
이 자리에 이렇듯 있었더라면
겨울비인들 어찌 탓하랴
맨몸으로 후줄근히 흠뻑 맞아도
기뻐 웃을 것을

애가 아닌
너였더라면
구름 너머를 보는
너의 큰 눈에선
차라리 왈칵 눈물을 뿌리며
울고 싶었겠지

예까지
서로가
서로를 뿌리칠 수 없어
서로의 길로
서로의 뒤를 재보는
애가 아닌
너였더라면

무제

그렇듯 곱게 빚은 것을
뒤에 숨은
햇빛이
보다못해
둥글둥글 들어올려
물결에
바람결에
고이 띄워
멀리멀리 보낸다

부촌동 그 번지

가슴 울렁이며
찾아간 그 번지는
네 벽 모두에
창문 하나 없이
햇빛은 벽면에만 어른거린다

나무 풀 한 포기 없는
황량한 벌판
낯선 이방 지대의 부촌에서
눈을 뜨고 있음은
나 말고도
너를 아는 모두에 배신이다

아담하면서도 따뜻하고
문앞 양켠엔
파란 잎새 서너 꽃송이는
피었을 그런 집이었을 텐데

그 큰 눈 감고 잠들어야 할
그런 집이 아닌
그 번지가 그 집이라면
그 자리에
진득하면서도 끈적스런
너의 흔적은 끝내 없다

행간마다 눈물로 번진
그 편지조차 반송되지 않는
하늘 우체국 주소인지

지울수록 더욱 빛나는
창백한 그늘
끝내 지을 수 없는
그 미소나마 언뜻 보려

네가 있어
내가 있듯이
행여나 닫힌 문틈에서나마
귀 기울여 보려

그 번지 찾아 그렇듯
동네 온통 이 잡듯 헤매였을까
행여 그 얼굴 한 편이라도 보려

백범 저격 그 순간에서

정동길 건너 행촌동길 비탈
최창학집 죽첨장의 한옥 대문 쪽
돌계단 오를 즈음
탕탕탕탕
네 발의 총소리 따라
곧장 달려간 경교장 뒷문

경찰 둘이 나무의자로
정복 군인을 내려치는
그 장면 본 그것뿐
집에 와 들은 뉴스에
육군 소위 안두희 쏜 총에 쓰러진
백범 김구

경교장 현관문 오른쪽 일층에
검으스름한 이마만 보인 채
흰 시트로 덮인 유해에
아버지와 친구와 두 번 머리 숙였는데

서거일 1949년 6월 26일, 일년 하루 앞선
이듬해 1950년 6월 25일
38선 뚫고 북은 남으로 쳐들어 왔다

가슴과 머리에

육이오로 설 자리마저 깡그리 잃어
예까지 오는 데만도 신기한 일
그런 생애의 뒤엉킨 한복판을
뒤돌아 볼 틈조차 없이
바삐 몰아치면서도
넘고 어렵게 또 뛰다 보니
무너질 예측은 빗나갔지만
그래도 할 일 끝내
훨훨 날겠구나

스스로 다짐한
처음이자 마지막 출판기념회 한 번 열고
쓰는 작업의 막이 내릴지

가슴과 머리에 지겹게
끝까지 남은
아, 그 회한의 눈물
안을 수도
지울 수도 없어 슬프다
그것이 눈을 감을 때까지

이 시각의 나는

가진 것 하나하나
뜨거운 품 비집고 빠져나와
제 길 찾아
훨훨 그리로들 간다

마흔 해 피의 열정도
모음집으로 내밀고
후의 글도 거푸 선 보여
눈 밖이 새삼스럽다

훌훌 털어도
부스러기조차 없어
참으로 홀가분해
누가 뭐래도

줄 것도
받을 일도 없어
건성 거저 숨이나 쉬는 것 같아
세상이 미안스럽다

산더미 책도
제 길로
행여 기념이 될 것 빼고는
누구의 손길 없이
모두 고희 넘은 탓이려니

거저 왔다가
빈손으로 가는
허무의 하늘은
드높고 맑기만 하다

순식간에 잿더미로 변한
육이오
목숨은 이어져
부지깽이 하나 없는
길은
험하고 멀었지만

한 줄기 고운
가슴 따뜻이 앉아 웃는
누구의 아픈 미소가
늘 가슴 곁에 있어서인가

가야 할 좌표를 흐트러뜨리고
훌쩍 떠나 버린
그 빛은
가슴 속으로 끝내 들지 못하고
빈 껍질로만
곁에서 흔들렸지만
빛의 뿌리는 뚜렷이
머리칼 가닥가닥에 남아
일으켜 세웠나 보다

그 빛 절대의 소망과

반대의 때로 참을 수 없는 몸부림은
누구도 예상치 못할 만큼
뒤집어 세웠는데
그것이 무엇인지
나도 그도
아무도 모른다

끝자락에 이르면

묶인 오라 풀고 뛰쳐 나온
거리거리에는
더불어 훨훨 마음껏 날을
바람이 기다린 듯
덥석 가슴 파고들어 좋다

마주 쳐 아는 이 없어도
예사로히 서로의 어깨 부딪히는
거리거리에는
혼자가 혼자 아니어서 좋다

끝자락에 이르면
덧없는 생이 구역질나
왁시글거리는 거리에라도
걷는 것이
차라리 쓸쓸함을 달래 좋다

햇빛이 손 안에 쥐어지는 한
먼 데까지 상상의 머리 돌릴 수 있는
전시관 박물관 공원 교외 산 같은 데서
고뇌를 추수리려고
늘 쓰는 투로
응어리진 찌무룩함을 녹이려지만
모두 헛수고다

싱그런 풀내음 푸른 숲 냅다 걷어 차고
날으는 새 보느라면
허망의 향내와 닮은
내면의 침묵이
해방감을 더러 느끼게 하는
산길 흙길이 그래도 좋다

보잘것없는 한 그루의 나무
풀 한 포기라도
손 끝에 만져지는 그것들은
이미 마음 속에 지닌
허무의 맛으로
가림이 없는 벌거숭이의 그 멋없는
어떤 모습이다

권태를 느끼지 않는 곳은
어느 곳이든
아무것도 느껴 주지 않는
빈 공간이고

눈물 없는 충만이
가슴을 채워 주는
기쁨 없는 그 평화란
그나마 다시는 돌아올 수 없는
그것들의 아쉬움이다

내일은 달라질 것이란 기대는
내일이 되면

내일도 모래도
그 다음 날들도
똑같음을 깨닫고는
그런 상념에 견디지 못해
가슴을 쥐어뜯는다

아파트숲 에워싼 산자락 너머로
잔광이 비끼어 있고
어디서 언제 슬그머니 온 것인지
신기루 같은 한 줄기 짙은 안개가
무성한 나무들 뒤에 숨어
그전에 내게 늘 그러하듯
포옹의 손길을 내미는
그런 몸짓으로 어른거린다

도시의 소음을 싣고
사라져 가는
삶의 멍청한 미소,
하늘 어디쯤에선가 먹구름 사이
노란 빛을 띤 추위가
온몸에 전율로 느껴지며
비로소 풀어지는 부조리한 단순성

천천히 숲 둘레에 깃을 치는
밤의 나래,
별처럼 반짝이는
시가지의 바둑판 같은
선 긋는 자동차의 불빛들

이미 내가
내 것이 아닌
이 밤이 가려는 종착역은 어디인지

투명히 비쳐 보이는 정도가
어느 선에 이르면
어느 한 것도 중요치 않아
희망 절망도 근거 없이
삶 전체가
하나의 이미지 속에
요약되고 만다

다시 수유리에서

스무 해 넘게 살던
북한산 자락 수유리 그 집이 늘 어른거려
수유역 오피스텔 십사층에
아예 자리 틀었는데

도봉 오봉 인수봉 백운대 그 긴 능선이
그 집과 가르멜 수녀원을 함께 품고
끝없이 이은
한 폭의 수채화가
창문을 통해 한 눈에 든다

창문께서 눈길 던지면
그 집 정원 열길 키의 팥배나무
화들짝 핀 꽃들이
하늘하늘 예까지 날아
얼굴 가득히 향내 터뜨려 스민다

그 집 골목 비켜
조박사 묘 윗길
약수 긷는 고불길 흙내음이
옷깃 속속 풀어들고
뺨 슬쩍 건드리면 사뿐 감기는
옛길 푸르른 잎새들

수유 네거리 밤낮 북적대는

젊은 몸내 그 열기도
그때 그대로여서

빈 가슴 한 켠을 채우는
짠짠스런 이 바람은
다른 어디의 것도
예에 비길 수 없다

출퇴근

갈 데도 없는데
어디를 가려 나서는지
아침 한술 뜬
얼굴들이

지하철 거저 타고
공원이나 산으로 몰려
여기든가 저기든가
쉴 자리 눈치껏 들보는 한숨이

흐르는 구름떼 따라 거기쯤 가면
머리 눌러 오는
안개비 젖는 녹슨 철조망이
예순 해 넘어서도
형제의 가슴을 찢는 것을 보는
그 순간
옷이 헐렁한 듯
오그라든 몸은 쬐끄만해진다

때 맞춰 어그적거리며
퇴근길에 오르는
그 얼굴들은
한 때는 물불 가리지 않고
세계 열 번째로 한강을 일으켜 세운
끌고 밀고 온 주역들로

이젠 몸짓 목소리도 느려터지지만

파편에 찢긴
아물지 않은
살갗 속의 화약 내음을
털어 내지 못하고
가슴 속서 불꽃을 피우면서도
겉으로는 냉랭한 척
암울한 과거를 안고 온
육이오의 전사들이여
만세, 노인 만세

몽우리 입술 열 때

뻐그덕거리는 수레 흙길은
아스팔트로 바뀌어
그 위로 이젠
자동차가 윙윙 달리고

넓어진 논밭 자리에
우뚝우뚝 빌딩숲으로 변해 버린
차마 가늠할 수 없는 그 모습
무상하다고 할 것인지
어제의 일이 오늘 같다

원인과 현상이
일시적이든 장기적이든
물리적이든 관념적이든
세상은 달라지며

오늘의 변화도
과거로부터 이어지며
달라져 왔듯이
앞으로도 바뀔 것인데

사람도 살면서 병들고
늙음으로 바뀌는데
그 다음은
어떻게 또 달라질 것인지

꽃은 활짝 피기 전에
몽우리 살짝 입술 연 때가
오히려 더욱 곱고
한껏 필 여유를 남기고 있는
변화의 한 축도
그 보편 기본의 범주 속에 들을 것인가

너는 나의 과거

영롱히 맺힌 이슬
두 줄 눈물 씹으며
왈칵 껴안은
뜨거운 포옹의 조임
더욱 짙어지는
속내의 흐느낌

그날 이후
기대의 해빙은 끝내
허무의 바다 어딘가의 거품 같은
구원의 빈 손길일 뿐
파고는 푸르러 더 드세진다

곁을 떠날 두려움
영혼마저 찢겨질
그런 극한에 선뜻 나서
'너는 나의 과거'라는
답이 못마땅해
침묵으로 끝장을 내려는가

담장 그 길 그 골목들
푸르른 산길
갈대숲 헤치고
짙푸른 바닷물 모래 언덕길에
차곡차곡 묻어 둔

그것들이 드러나
가슴 저미는 아픔

처음부터 없었던 일로
새롭게 태어나도
잊을 것은
따로 있지
차마 어찌 잊을
그런 사이의 쌓인 사연인가

나르시시스트의 슬픔

버럭 큰소리치는 버릇은
지난 날 무슨 충격으로
우연히 생긴 버릇 아니면
이익과 욕구, 바람과 갈망에 몰두해
나 말고는 다른 존재를 까맣게 잊는
나르시시스트인지

샘물에 비친
제 모습에 취해
속은 무르고 비었으면서
바깥으로 외면받아
고치려 애써도 버릇으로 굳어

긴 세월 그런 것쯤
가슴 안에
따뜻이 담을 일이지
때마다 흠집거리
흉으로 삼으려는
그런 것은 아니겠지

말릴 수 없이
시간은 자꾸 가며
가늠할 수 없는
앞길이 뻔히 보이는데

별안간 어느날
말과 행동이 평소와 다른
짓거리 치매 증상이
안방 벽을 내려 칠 때면
버럭 소리치는
그런 우스개 버릇은 어쩌고
무슨 다른 말로
본질을 쓸어 담을지

그것 또한 누가 내게 건네 준
나르시시스트의 그 이름,
처음부터 슬픈 일로
슬픔은 가슴에
슬픔으로 남아 뭉쳐졌나 보다

* 나르시소스(Narcissos) ; 그리스 신화 중의 미소년. 에코(Echo)의 사랑에 응하지 않은 벌로 호
  수에 비친 제 모습에 반해 황홀히 보다가 죽어 수선화가 됨.

귀울림

희수 77이란 나이까지의 기대는
그 옛날 그 때는
매우 힘든 어리석은 나이였다

은연히 사람들 바라는
그 나이 좋는 숫자 자꾸 늘다 보니
몸 어느 구석인들 편안하련만 어쩌다
'귀에서 소리'까지 난다

'습관화'라는 소리 걸러내는
'뇌의 기능'을 촉진시키는
단계 통해
귀울림을 느끼지 않게 하는
단계 골라
'뇌의 중요의미' 지니는 소리에
정신을 모으게 하고
그렇지 않은 소리는
'습관화'의 과정에 걸러내는 기능이
뇌에 있단다

두려움 불안으로 거듭해
귀울림이 따르면
뇌는 귀울림을 '중요한 소리'로 판단해
더욱 소리를 증진시키고
몸 상태를 조정케 한단다

귀 밖이 아닌
귀 안에서 들리는 소리는
팔다리쯤의 아픔 비슷한 증상일 뿐
질환이 아니라는데
정서 불안의 무슨 정체가
머리에 갑자기
싯퍼런 칼날 들이대 덤빈 것인가

그것 하나 서둘러
손주놈 손잡고 공원 도는 일 그것이고
글 끝정리만 남았을 뿐인데

가슴 쏴 운명을 달리한
고흐의 주머니에서 나온
'진실로 나는 그림으로 밖에는
어떤 것도 말할 수 없다'는
그 말이
가슴의 파도로 물결치는데
귀울림은 틀림없이 울림으로
이천십이년 오늘도 좀
쓸쓸히 하루를 보낸다

제3편

일어나는 일은 감정이다

시청자를 꽤나 끌어들인
어느 토크쇼는
매저키즘적인 학대 비슷한
쇼를 연출해
거침없이 시청자에게 쏟아 붙는다

사회자는 제 멋대로
이런저런 논평을 내
초대 손님 웃는 얼굴에
미끼를 던지고
모욕인 줄 알면서도
대중의 관심을 끌려는
낯익은 초대 손님은
억지로 속내를 감추는데

비참히 까발려진
몸에서
쇼의 시청자는
자신들이 행여
허술한 역에라도 닮지 않을까
가슴 한 쪽을 슬금 눌러
눈길을 피해 넘긴다

영상 효과를 노리는
이런 메시지에

시청자 감정의 폭발을 꾀어
절정에 오른
자신들 연출력을 표출하는
이익의 행위로

때때로 치미는
질투나 불안은
덤으로 부풀려 안긴
가치의 양과 질의 의심이며

분노나 수치를 느끼거나
슬퍼할 이유 같은 것이 없는데도
굳이 그 까닭을 찾는
의도의 의미가
끝내 감정을 유도하기 때문에
일어나는 일도
살아가는 도구도 감정이다

표정 지우기

사랑하는 그에게
자칫 어떤 분노를 보여
손해를 볼라치면
한 바퀴 빙 돌려
거짓으로 그를 다독여 보이는데

힘센 이에게는
웃음으로 그를 굳이 피하고
순한 이를 겨냥하면
한 쪽은 속죄양 만들기다

불의에 분노 느끼면서도
정의로움 속에는
진리를 품은
역설이 만들어지며

방어의 편에서
틈을 잡아 공격하는 역습으로
해를 끼치면
수치심의 반응을 보인다

감정의 자극이
사건을 푸는 기초라면
감정에 대한 조치 또한
일상의 의미에

기초를 두고 있고

먹이가 아니면
공격하는 동물의 의미는
죽음과는 근본이 틀리다

나는 내가 되려 한다

내가 누구인지를 알고
내가 되려 하는데
차츰 나를 알고부터
나는 행복하다

내가 그를 알고부터
그와의 만남으로
나는 행복하고
그도 나를
나도 그를
필요한 이유를
알 수 있다

나는 자유롭다
그도 나를
나도 그를
억압하지 못하므로
이것이 좋아
만남을 좁힐수록
열애는 뜨거워진다

정신의 고통 없이
기쁨만 주는
사랑의 시작과 끝은

불안 없이 사랑할 수 있다면
나에게 보람을 주는
그에게 보내는
나의 열정은
언제인지 떠날
그 시간까지

나는
내가 되려 한다

불의 본질

마지막 불꽃 깜빡이면서
타들던 불길은
이윽고 사그러들어
생명 없는 회색빛 재만
바닥에 남기고
현상의 뒤편이거나
그 안에 늘 있어야
당연한 존재인
불의 영혼은
연기처럼 하늘로 날아오른다

니체도 죽었다

신은
비과학적인 과거의 흔적이고
종교의 비이성적인 호소는
더는 먹히지 않고
그저 사라질 것이라며

'신은 죽었다'고 갈파한
프리드리히 니체와
동시대인 마르크스 프로이트,
제임스 프레이저, 버트런트 러셀은
종교와 영성이
여전히 위세 떨침은
'무지가 이성에 승리한 그것'이라며
머리를 돌리자

신도
'니체는 죽었다'
기도하고 찬송하고
나를 따르면
너희에게 행복감을 느끼게 할지어다

죽음의 너울

그리다 만 화선지의 여백처럼
안개 구름은
덧없이 하늘 떠다니며
빛과 바람과 어울리고

아지랑이 흰 나래 같은
기억은
햇빛에 덧없이 녹아
형체도 없이 사라지는

회한의 눈물 뿌리며
헤어질 수밖에 없을 그때는
이미 죽음의 너울 쓴
그런 것

이미 그가
죽어 없어졌다고 믿어야만 된다

시작은 언제나 파랗다

어둠이 빛을 들이키며
밝음을 뒤로
어둠 속으로 나아가는 그 순간

어둠을 감아싸는
빛도 파랗고
반짝이는 별빛도 파랗다

빛이 어둠을 삼킨
새벽은 파랗고
새벽빛과 더불어
파란 빛은
첫 시작의 색깔이다

시작의 순간은
두려움 설렘 우울이 따르며
삼차원으로 뛰어오르는
몸부림은
그것이 사랑이고

그것은
과거의 나를 죽여야 하고
죽고 난 다음 다시 태어나는
그것이 사랑이다

서로 다른 내면은

웃는 얼굴에 침을 뱉고
뜨거운 가슴에 멍울을 붙여
서로 헐뜯게 한 원인의 하나는
본성의 무지에서 온
깔보고 욕되게 하는 폭력이다

생각이 다름을
서로 꾸짖는 것은
모두 다르다는 전제에서
다름과 틀림을
구별 못하는 어리석음이다

서로 다르다는 것은
우열이나 차별의 토대일 수 없어
차이의 옳음을 중히 여기지 못한
짓의 되풀이는

거울에 비친 벌거벗은
단순 내면만 보이는 것이어서
숨쉬는 가슴만이
그 허상을 지울 수밖에 없다

애정과 습관

남녀 서로의 애정이
길어 서른 살쯤이면
대뇌에 항체가 생겨
가슴 뛰는 그런
애정 효과가 사라지며

애를 낳거나
애정 화학물질이 끊겨
따로따로 헤어지거나
그렇지 않더라도
애정이 습관으로 변질된다

남자가 여자에 비해
쉽게 사랑에 침몰되며
둘 사이의 애정도
여자쪽 바라는 대로 끝장나는데
여자 대뇌에 그 물질 생성이
남자에 비해
느리고 둔해져서이다

아카데미 주연상 받은
유명한 누구누구는
불의 열정 속에서
삼 년이나 껴안고 활활 타들다가
어느날 갑자기

더는 끈끈함이 느껴지지 않아
느슨한 포옹마저 맥없이 풀었다는
그런 일도

누구의 내외도
그런 시간 지나면
한 지붕 아래
그저 한 식구로만 전락해

과거의 술렁이던
모두를 지우고
가슴이 식었더라도
그저 좋아할 수 있음을
가슴 한 켠에 믿고
먹고 사는 데만 습관들이란
그 말은
누가 내게 한 주술인가

서안에서

당나라의 서안 첫날
이화궁 호텔 바로 건너편
시장 골목을 지나다가
한 켠에 쭈구리고 앉은 노인 둘이
목구멍을 늘여 칵 가래를 끌어내
지나는 우리 내외 뒷켠에다
냅다 뱉아 낸다

다시 그 길로 돌아나오려니
예의 그 늙은 둘이
조금 전과 똑같이 가래를
우리 뒤에다 대고 칵 뱉아 던진다

일본이 제 땅을 찾이한
센카쿠(尖閣, 중국명 댜오위다오) 섬 때문에
일본인으로 잘못 안 것임을
대번에 알 수 있다

다시 뒤돌아 보니
나이나 행색으로 따져
일본의 강제 징병으로 끌려 간
그때의 그들이 분명하다

일본이 독도를 저들 것이라며
국제 재판소에 제소하느니 뭐니 하는

그 때와 딱 떨어지게
문제의 센카쿠 섬으로
양국 군함들 다투어
서로 들이밀면서
세계적인 기사거리가 튄 그때다

중국마저 우리 이어도를
저희 것이라 우겨대니
남의 땅 넘보는
저의는 두 나라 둘이 똑같으므로

센카쿠 섬 그거나
둘이 서로 쥐고 뜯고 싸우면서
서로의 낯짝에
번갈아 가래나 뱉아
범벅을 뭉개 버리고 있을지어다

오늘은 이미 옛날인가

팔순으로 다가서는지라
먼 해외 여행 갈 생각은
차츰 멈칫해졌지만
아내 고희 기념이라는 이름 붙어
중국 서안을 잡았는데

여행조차 나설 수 없는
나이된 섭섭함이
오늘이 이미
옛날이 되어 버린
그리워짐을 어쩌랴

열두 명 그룹 가운데
늙은 손님은 우리뿐이라
불편을 삼가려고
앞장서 걷는
우리가 되려 거북했다

식사 때도
'먼저 수저 들으셔야
저희도 따라 먹지요'
버스도 앞자리에 앉혔는데
때마다 이런 대접이 쑥스러워
서글픈 심경이 앞섰다

화산으로 가
한 봉우리 오르고
두 번째 봉우리 오를 때
'힘 드시면 좀 쉬십시오'
그 말에
무언의 허락을 내린
기막힌 이 일도
어른 대접해 한 조치인가

그 봉우리 그 정도면
거뜬히 오를 수 있건만
변고라도 터지면
그땐 입을 봉할 수밖에 없잖은가

드높은 저 짙푸른
가을 하늘이
뾰족뾰족 산봉우리 사이사이
얼굴 삐딱이 내밀며
슬쩍 웃음을 흘리더니
별안간 머리 꼭대기까지
파랗게 내려앉는다

길고 긴 하루

엊그제 태어난 아이들 반은
아흔 살 넘어 산다는데
18세기 프랑스인 평균 25이고
19세기 말까지도
서유럽 평균 37에 불과했으며
평균 28세였던
고대 그리스, 로마인은
꿈도 못 꿨을 수명이다

어릴 적에는
반나절도 길어 지겨웠지만
늙어서는 몇 년도
짧은 오후처럼 지나간다

'여든을 넘기고부터는
오분마다 아침을 먹는 것 같다'는
누구의 말도
신의 소리 같다

싯뻘건 노을지는
서산의 해 잠시라도 붙들고
의미 있는 삶을
어디서건 건져내
멋들어지게 남은 날 보낼 일이
먼저인데

정신은 어둡고 몸은 쇠하고
주머니는 빈털털이
너무 길고 괴로운
하루하루다

일흔넷의 괴테가
열아홉의 울리케 폰레베초프에게
첫눈에 반해 구혼까지 했다는데
애욕이 아닌
젊음의 눈부신 생명력 때문이었음을
굳이 들미는 까닭은 어디에 있는가

원앙새

뜻 모아 짝지으면
하늘 어디건
훨훨
푸르른 물살 헤치고
나란히 헤엄치며

자리에 마주앉아
나누어 먹으며
금침 덮고
더불어 잠에 드는

'짝새', '배필새'의 원앙새는
수컷이 원(鴛)이고
암컷이 앙(鴦)이다

어쩌다 하나 죽거나 사라지면
남은 하나는
슬픔 깨물며 애태워
끼니도 마다하다가
끝내 굶어
죽음으로까지 이어지는

원앙은 그래서
금실 좋은 부부로 이름 나
비녀 끝에 새긴

한 쌍의 원앙 하며
원앙 향로가 고려청자로 빚어졌는가면
신혼 부부 베갯모에도
한 쌍에 새끼 아홉 마리 수놓아
더불어 자식복까지 누리라 했거늘

짝 잃었을 때는
죽음마저 마다 않는
비장한 그것 말고도
'원'한과 '앙'심이 뒷켠에 붙어
더 보태고 뺄 말은
또 무엇무엇인가
우리에게 오늘의 '원앙'은

가슴과 가슴

내 먼저 일부러
다른 길로 걸으며
버릇처럼 떠난다기에
열어 준 그 길인데

피 말리는 시간 겪으면서
가고 싶은 길 가라고
내어 준 그 길인데

가슴과 가슴 뜨거히
참아 누구든 밀어낼 수 없는
질긴 사이였는데

지난 일이어서인가
그렇듯 뭉개 밟는
그 마음은
차마 상상할 수 없는
뜨거움이었었는데

송도 바닷가 출렁임 속에서도
남산 소나무 우거짐 뒷켠이나
홍능 산자락 풀밭 말고도
인왕산 남산 안산을
시내 골목골목 누비며 웃고 치고
돌담길 걸으며

팔 감아 은근히 조이면서
그렇듯 다감한 밀어의 약속은
진작 가 버릴
빈 신짝 타령이었나

몸 비비 꼬는
너를 위해 자리 비켜
차마 그 온기 두고 떠나
가서는 안 될 길을
기어히 갔으면서

그 향내 못잊어
너를 불러 보는 잘못을
그래도 고뇌에서 해방시켜 주려는
그거겠지

주례사

부부로 산다는 것은
성도 가문도 제치고는
서로의 가슴에 깊게 스며
결함과 상처까지 받아들여
더는 설명할 수 없이
교감이 투덕투덕 쌓이고

성격이나 내력도 다른 둘이
처음 만나
고락 함께 하며
생각하는 것, 좋아하는 것
말투나 얼굴마저
조금씩 닮아 가는 것이다

둘의 일생을 하나로
함께 거는 것이 결혼인데
뒤에 만나고
쉽게 헤어지는
오늘의 세상에서

그리스 신화의
필레몬과 바우키스 부부는
한날 한시에 죽게 해 달라고
제우스에게 빌어 소원 이루어 낸
가슴 저릿한

비속에서 신성으로의 전환도 있지만

'함께 늙고 함께 죽어 한 무덤에 묻히자'는
사랑의 맹세인
해로동혈(偕老同穴)이란 말도
사랑이 깊어 죽음까지 공유할
끝없는 사랑이
너와 나의 영혼에서까지
무럭무럭 피어 날까

'한 사람이 죽고
혼자 살아가는
텅 빈 세상이 없기를' 바란다며
같이 간 누구도 있고

모두를 세상에 바치고는
치매 앓는 아내와
신혼 여행지의 바다로 들어가며 남긴
포켓의 빈 통장 푼돈 몇 닢뿐

타이타닉 호(1912) 침몰 때
마흔 해 함께 살아 온 부부는
떨어져 살 수는 없다며
여자여서 먼저 내준 구명정 마다하고
남편과 꼭 껴안은 채
가라앉은 그런 이도

아내의 손발되어 살다

끝내는 함께 떠나면서
뒷바라지 빚을
수발로 갚은 일이라며
'행복의 희망이 사라진 뒤까지는
살지 않겠다' 는
편지에 남긴 일 등은

가슴과 가슴의 불꽃이
불새되어 날으는 하늘이
더더욱 푸르러
끝없이 펼쳐진다

얼어붙은 눈물

오라줄에 휘어감긴
몸내는
뜸 새 없이 은은히 코 끝에 베어
떼어낼수록 괴로워
더더욱 깊어지는데

핵심을 비켜
머리끝에서부터 건성 훑은
언저리 빛이
애정의 네 벽에 부딪쳐
산산히 부서지는 아픔 느끼면서도

첫것의 첫 몸내는
가슴으로 받고
그나마 머리로 느끼는 빛은
다짐 또 다짐을

가녀린 손 끝에 불끈 쥐어져 흩어지는 빛살
끝내 차가운 영혼에 품어 안고
그 눈물마저 얼어붙어
흐름을 멈추는구나

말년의 그날

어지러히 끌며
까부러지던 불덩이는
가슴 한복판을 싯뻘겋게 지피고

서로의 손으로
뒤안에 숨겨
키워 가꾸어 놓은
신뢰의 뿌리째 흔들어

퍼붓는 빗속을 헤메인
그 날이 얼마인지
다시는 떠오르지 않을 것이라던
그것이
말년의 그날 그때까지
혼미의 삶을 흔들어 이으는구나

버려진 이름

누구의 손끝에서 뿌리치는
순간의 그 체온만은
아, 잊을 수 없이
길바닥 진창에 내동댕이쳐져
늘어진 몸뚱이에
흔해빠진 햇빛조차 비켜 나고

그나마 어둠이 으스러지듯
빈 목숨을 껴안으며
눈물을 훔쳐
빗속 한복판 공간에 던져지는데

이파리들 나래 접고는
머금은 이슬마저
토해 낸
들판의 여린 꽃들이여

멀리서도 출렁이는
짙푸른 강물의 흐느낌
헝클어진 영혼의 끝자락이나 달래려나,
숨죽인 바람아!

제4편

손길의 바람

전쟁의 숱한 쓰라린 흔적마저
여지껏 옷깃에 마냥 먼지처럼
지금껏 깊히 배어 있는
독립문 앞 행촌동 일대

애끓는 숱한 목숨 불타고
찢겨진 추억이
꺼멓게 그을린
그 엄청 큰 구이팔 폭격 자리에
잠들지 못한
영혼의 실낱 같은
가는 숨결마저 들릴
그날 이후

선진 어느 누구의 도시
그 위를 더 올려 쌓은
설움의 불끈 쥔 그 힘살이
하늘 찌를 듯하더니

거기서도 한눈에
가슴 치면서 만져지는
저쪽의 캄캄스런 하늘을 비집어
무엇이든 잡아볼
손길의 바람

허리 낮추고도 모자라
맨발로 바닥 기면서
마른 맨땅을 훑는
응어리 맺혀 터진 손길이
아, 어쩌겠나
예사스럽지 못하구나

행복을 만끽하는 몸짓

온갖 추억을
비질하듯 휩쓸고 가는 바람이
파도처럼 모래 바람 일구며
둘 사이의 끈적한 미련들이
처음부터 없었던 것처럼
사방으로 흩날리는
그날 이후

너의 진한 혀 끝으로
똘똘 말린 알몸은
뻣뻣이 굳은 채
걷지도 눕지도 못하고

그나마 그날 이전
허리춤에서 한 움큼 훑어 내게 건넨
너의 몸내를
가슴에 뜨겁게 받아
눈 부릅뜨고
꺼지는 땅을 보면서도
코는커녕 얼굴째 들이박아
행복을 듬뿍 만끽하는
벌거벗은 꼴이
불쌍하다 못해 우스꽝스럽다

보고도 못 본 채

그날 이후
헷갈리는 모두를
머리에서 훑어 움켜내 털고
새 자리에 가 눕는
꾸겨진 가슴이
펴질 거란 그 말 믿으랴

뒤돌아
보고도 못 본 채
듣고도 못 들은 채
이래도 그렇고
저래도 이렇고

흰 너울 쓴 입술에 머금은
찬 눈물이
온 몸을 파들거리는데

바람 가는 데로
모래는 그저
끌려갈 뿐이다

바람도 어쩌지 못하는데

그날 이후 너와 더불어
나란히 팔짱 끼고
어지러히 뿌려진
뜨거운 눈물 자욱과
더러는 아직도 정겨히 바닥 구르는
웃음 조각 그것들을
한 줌이라도 놓칠새라

더듬고 훑는 것이
하루 일과인 것을
먼 기억에서조차
까맣게 잊고 있는 까닭은

타오르고 있는 불길을
더는 그대로 둘 수 없는
바람도 어쩌지 못하는데
바다인들 덮쳐 끌 수 있을까
강물인들 안아 달랠 수 있을까

파도의 슬픔

그날 이후
파도는 길길이 울부짖으며
산의 허리마저
덥썩 잡아나꿔 무너뜨리고는
그도 모자라
하늘 우러러
떠도는 구름 휘어내는
저 흉물스런 검은 뱃심
짙푸른 바닷물에 퍼담궈
퍽퍽 씻어내도
파도의 찢어진 그 슬픔은
가실 길이 없다

몸살을 앓는다

훌훌 시원스레 털고
너는 갔지만
그날 이후 나는
슬픔으로 움추러든 그대로다

내게서 받은
모두를 다시 돌려 주고는 갔다지만
나는 네게서
아무 것도 받은 것 없지만

다만 기억에
가슴과 가슴을
서로 뜨겁게 달은
네가 나의 유일한 존재라는
그것 하나만을 댕그머니 남겨

괴로움으로 아파 하는 마음을
그리움으로 덮는 슬기를 깨닫느라
그날 이후
여짓껏 몸살을 앓는다

모은 모든 것

그날은 너도 가고
나 또한 가면서도
누구도 어쩌지 못하는
가슴의 뜨거운 포옹

쥐었다 놓아도
붙였다 떼어도
있다간 없어도
그까짓 것 그만인
그게 뭐길래의 그 푸념

서러운 그날
질기게 달라붙은
너와 나의 그 구석구석에서
무지의 아픔을
언제 말끔히 떼어내냐

모으고 모은
알뜰히 모은
너와 나의 모든 것이
눈이 먼 채
아, 이렇게 꼭이 떨어져야겠니

간다 간다며

간다 간다며
아주 간다면서도
미적미적 정작 발길 잡지 못하고
걸음을 다시 돌려
뜨겁게 달은 가슴을
다시 안기기 또 얼마인가

행여 행여나
그런 그림의 옹이라도 보일지
초조히 틀어쥔 마음 달래기
고작 하루 이틀도 아닌
몇 해의 긴 세월이거늘

간다 간다며
그래도 간다더니
옹어리만은 다칠까
몸 깊이 감추고는
홀연히 어느 한 날
드레스 자락 길게 늘어뜨리고는
기어이 떠났지만
정녕 모두를 안고 떠났는지
그래도 닿는 대로 다듬어 쓸어 안겠지

산은 산대로 바다는 바다대로

뜨겁게 안은
가슴과 가슴
겉문 빗장은 서로 걸어 잠그고도
둘의 허상만이 영혼의 언덕 너머

바람 따라
구름 따라
종점의 팻말도 무너뜨리고는
빗속을 하염없이 뚫고 가는데

산은 산 푸르름 그대로 빛을 내고
바다는 짙푸른 물
파랗게 결을 고르고 있다

육이오의 꽃

혼으로 굳어 뭉쳐진 땅을
짓눌러 찢어발긴
육이오 게터필더의 무자비에도
그날 이후
바람 언덕에 피어
흩날리는 꽃은

예순이 지났어도
그때의 흠을 미처 훔처내지 못한
이웃의 핏빛을
뒤로 감춘 채

내뿜는 은은한 그 향내
형제의 웃음에 섞여
더더욱 향기롭다

가는 길 그 길

다시 돌아오려는지
서둘러 훌훌 떠난
빈 자리는
울음으로 흠뻑 젖었는데

뒤돌아 볼 것 없이
가는 길
그 길
그대로
기왕에 갈 길
뒷일은 깡그리 잊고
훌훌 떠날 일이지

두고 간 자리에 쌓인
설움의 한은
행여 되돌아 들면
뜨거운 가슴을 활짝 열고
애환의 색깔 그것 그대로
나누어 가려
품에 안으며 오열하겠지

정열과 허구

열락(悅樂)은 촌음 같으면서
침착을 잃고 시끄러우며
시간은 비상하고
인생은 거침없이 흐른다

회색의 단조로움에 얽매인 현실은
이미 넘쳐
지옥이 아니면
천국의 문턱에서 흘리고 만
뜨거운 눈물이다

정열이 허무와 동의어처럼
언어의 기묘한 오용
화려한 괴로움 그 속은
텅 빈 공허뿐

눈발을 쓸어 하늘에 날리는
바람은
찬 기운마저 거둬 내몰고
잎새에 포근히 안긴 꽃은
그늘에까지 빛을 드리우며
향내를 사방으로 튀긴다

소양강에서

북한강 소양강이 만나 이루어진
춘천 분지는
태백 산맥의 대표적인
내륙 침식 분지로
동과 북에
높은 산들 솟아
구름을 휘어 안고 있다

소양제와 의암 문화제 열리는
빼어난 산세에 넓은 호수
상원사와 청평사 고찰과
유적 보물이 쌓인 춘천은
육이오 때는 폐허로
어지러히 흩으러진 절망을
거두어 고루 다듬어

춘천댐 의암댐과
내륙의 바다로 불리는
동양 최대의 사력댐인 소양호에
물을 새로 가득 채운
우리나라 대표적인
호반 도시로 거듭 태어났다

인제까지 배가 닿는
소양강 저어 건너 오르면

서예사를 빛낸
두 개의 명품 있는
고려 때의 청평사를 만나는데
스님 탄연*의 진락공 이자현비 글씨와
이암*의 청평사 문수원장경비가
바로 그것이다

한 두어 해 거푸 열린
여기서의 시인 회의 때
으레 만나던 시인들
그들 함께 한
사진 속의 얼굴을 볼 때마다
시간을 떠난
그 수 차츰 늘어

소양호 그 잔잔한 물결 이는
바람 바람이
그의 잠든
시혼마저 흔들어 깨울 수 있을까

* 탄연(坦然) ; 고려 인종 때의 중. 인종 23년 왕사(王師)된 불교의 선풍(禪風)을 크게 중흥시킴.
* 이암(李巖) ; 이조 때의 화가. 왕족으로 두성령(杜城令)을 봉하였음. 특히 화조, 초충(草蟲), 개,
　고양이 등을 많이 그림.

시인 전봉건

비걱거리는 계단 현대시학사에
낡은 스토브 하나 껴안은
전봉건이 있었고
남한강 줄기 돌밭 어디든 으레
쇠꼬챙이 들은 전봉건이 있었다

휠체어 탄 전봉건은
돌을 만나러
서울대학 병원을 훌쩍 소리 없이 뛰쳐나와
남한강 돌밭으로 달려가

강물 마르면 침으로
그것도 모자라면 오줌으로
돌빛깔 내보는 영원의 고향에서
지금도 거기서 당뇨를 앓고 있다

내려앉은 어깨에 돌배낭 맨 전봉건을
오늘도 정원 한 켠에
그와 탐석해 온 비맞는 돌을 보며
빗속에서 그를 만나고 있다

＊ 시인 전봉건을 다시 만나며

구름 저편에

백오십오 마일 철조망 한 귀퉁이
한 뼘쯤 끊어 내고
손 길게 뻗치면
대문 고리 잡힐
거기가 바로 그의 고향이다

그런 구름 너머 저편을
시도 때도 없이
안방 드나들 듯 휑하니 달려 가고
밤에는 아예 어머니 품에 안겨
한 잠 늘어지게 자고도 온다

보고 또 되돌아 눈물로 보고
건성 몸뚱이만 넘은 지
어언 예순 해건만
그때의 작은 가슴서 외쳐댄
불덩이 같은 말들은
뛰놀던 고향 뒤뜰 바위벽에
검붉은 피로 발렸는데

여든의 나이테가
벽바위 글자에 덕지덕지 포개져
금이 가 깨지지나 않을까
흐릿해 가는 그 글귀 더러나마
바람보다 앞서 가는

시간의 손길이
훑어내 지우지나 말았으면

이제 팔순의 노숙자 머리칼 저렇듯 검으니
구름 저편
촛불에 그슬린 자욱 말끔히 씻어낸
오마니 얼싸안고
왈칵 뿌릴 그 날만 남았나 보다

* 함동선 시인 팔순에 부쳐

학의 나래처럼

벽제 소나무숲 잔설 흔드는 빈 바람
언 손등 비비는
비늘 돋힌 바위골 냇물
인종의 벽이여

거센 소용돌이
역사의 안개밭 헤치고
손끝 트도록 엮음실 이어이어
틀 잡은 외길 어언 몇 해든가

산 첩첩 물 굽이굽이
가는 곳마다 선의 합장
끈끈한 집념이 하루같이
토닥여 키운 여린 묘목 높드랗게 자라
저렇듯 커졌네

그늘 뒷켠 잿빛 앙금은
긴 여로의 한 점 미진(微塵)이거늘
남향에 스미는 따스한 음계(音階)를 밟으면
구름 너머 훨훨 비상하는
한 쌍의 은빛 나래 별빛처럼 오래 비치리라

* 박종호 고희에 부쳐

꽃잔치

갈 길도
질러 갈 틈도
길 아닌 길로 갈 수도 없는데

과거에서부터 빛내 온
빛살이
지금 이 고희 잔치에
부채살로 펼치며
축하의 꽃을 그린다

날은 이미 저물어도
삶의 하늘은 짙푸르고
해는 구름 저편에
태양은 언제나 빛나고 있다

어둠이 스며 강물은 흐르고
바람을 저어 어깨 으쓱거리며
우리의 포옹을 따뜻이 조여 오는
그윽한 꽃향내
한 잔 술에 넘친다

* 신세훈 시인 고희에 부쳐

윤회의 여울목에서

떠밀린 물결은
앞물결 밀쳐 내며 제치고 흐르는
강물은
어디서 와 끝도 모를
어디로 가는가

기다리는 이 없는
황량한 벌판에
저리 서둘러
가쁘 떠밀려 가는지
가는 길 그 길은
우리 가는 그 길 하나인데

회한의 티끌 훌훌 헐고
한 물로 끝내 가는
동행의 그 길
앞서 가 남긴 비문은 무엇인가

먼저 간 그들 그랬듯이
구원의 안식 끝자락에
못다 피운 풀꽃 한 송이
그래도 화사히 피워
여섯 해 기나긴 암울한 밤
차마 서러워
눈 한 번 감지 못해

돌아보고 또 보며
망각의 늪에서
무얼 찾아 저렇듯
안개 속 헤매이나

그대와 나눌
박주 한 잔 뛰어 놓은
윤회의 여울목에
이렇듯 그대를 부르노라

＊ 권일송 시인 6주기에 부쳐(2001.11.22.)

숲은 숲의 푸르름 그대로

숲은 숲의 푸르름 그대로
구름 떠도는 하늘은
높디 높은 그대로
손길 따스함도 그대로

시간과 공간
암울한 시대를 훌쩍 뛰어 넘어
스스로 쌓아 넓힌
큰 자리에서
파운드와 엘리엇과 무슨 속삭임인지
가슴에 비친 빛들이
꽃으로 피어 가득 차 있다

회한의 눈물 뿌리며
모두의 곁을 비껴
훌훌 떠난 엊그제
걸어 온 길 돌아 보고
갈 길 찾아
다시 태어나는
윤회전생(輪廻轉生)은 변함이 없지만

누구에게 등 떠밀려
한 발 앞서
불 같은 바람 좇아
영원한 안식의 문을 들어선

당신의 모습은
굵은 선으로 남아
떠나지 않는다

산과 산은
서로 숲을 마주 껴안고
나무와 뿌리는 그것 그대로
흙과 바위와 어우러진 여울을
허리에 낀 고향은
의연히 당신을 기다리고 있다

* 이정기 시인 2주기에 부쳐(2003.6.25.)

김연준 가곡집 가사(시)

* 작곡가 김연준 제10집 가곡집 가사(시) 7편. 곡에 가사를 부여

동심의 꽃

환한 개울물 속에 반짝거리는
하얀 조약돌은
아기 마음이네
흐르는 시냇물은
아기의 목소리네

아이야 나와라 맨발로 나와
실버들가지 메어달린 아지랑이 장대로
어둡게 찡그린
엄마의 얼굴을 간질러
웃음꽃 피게 하자

조약돌을 주워
잠꾸러기 아빠에게 또닥여
잠 깨워 주자

동심의 꽃봉오리
우리의 동산이네

사랑의 서정

공원 벤치 위
아른아른 속삭여 주던
사랑의 서정이여

저 낙엽 구르는 소리에
떠나가네
초생달도 님 떠난
깊은 설움이여라

텅 빈 숲이여
숲속의 가지 바람도
님의 꽃 내음에
저리도 슬피 슬피 우는구나

내 기쁨 오직 님의 뜻

장미도
내 기쁨 못 피우고
내 슬픔
호수도 못 씻겨라

내 기쁨은
오직 님의 뜻이며
십자가에 비친
메시야네

성령의 목소리에
귀 열리고
눈 뜨이고
가슴 열리도다

저 훈훈한 목소리여라
저 믿음 숭고함이여라
나의 마음 속 진실됨이여라

성야

흰 나래 편 천사들의 노래
하늘에 퍼지고
님 축복의 기도 소리
땅 위에 가득 가득하도다

구유에 잠드신
우리 아기 얼굴엔
사랑의 구세주 꽃피우고
시련 받던 슬픔은
어둠 속에 사라지도다

가나한 맘은 총명을 얻어
님 축복하는
이 밤에

반짝이는 아기별은
황량한 사람들 마음 속마다
은빛 구슬 가득 가득 내리도다
마음 속에 내리도다

병사들의 행진

찬란한 태양이
동녘에 떴다 진
군의 나팔 소리
어둠 가르네

한 손엔 무적의 철퇴요
한 손엔 정의의 칼이다
자유를 위해 매진해 나가는
빛나는 배달 민족아

고귀한 끓는 피
역사 앞에 바쳤네
인류 위한 죽음
우리의 결의
성난 파도 무릎을 꿇네

가시밭 산령을 넘어
희망찬 자유의 나라로
우리의 갈 길이요
영광스런 길이다

여자의 마음

연보라색 마음 녹인
달빛이네

다시 꿰는 진주알
아릿한 맘이네

온실 속에 핀 향기 짙은
여린 겨울꽃이네

깊이를 모르는
파란 연못이네

거울 속에 비친
그 맘이네

친구여 돌아오라

눈보라 속에
홀로 방황하는
옛 친구여
새 소리 냇물 소리
우리를 환희의 나라로

친구여 돌아오라
피땀 흘려 거둔 곡식
풍요한 맘에
친구여 돌아오라

눈보라 속에
홀로 방황하는 친구여
달빛 찬란한
이 밤에
친구여 돌아오라

제2부 〈장시〉 6·25전쟁

제2부 〈장시〉 6·25전쟁

1

꺾은 빛을 일으켜 세운 지
어언 칠십 년
격동의 역사를 숨 가쁘게 달려 온다

좌우 대립과 육이오 전쟁,
산업화 및 민주화에 이르는
허무와 절망의 길목에서
힘겨운 아픔도 느꼈지만
세계 10위권 안의 경제 대국
놀라운 이룸에
가슴 뭉클한 환열
짙푸른 하늘만 올려다 본다

고려 때 중국의 원과 명으로 갈리더니
조선에 이르러선
명과 청 사이에 끼어 뒤엉켜
참혹한 호란을 겪었고
한말에는 일본 중국 러시아 틈에 들어
나라 잃고 말더니
광복 후에는 미·소의 편 가르다가

남과 북이 두 쪽이 났다

민족 끼리의 분열이
해방 후 그대로
미·소에 의한 분단을 촉진
카이로·테헤란 회담이
한반도 운명의 서곡이다

루즈벨드·처칠·장개석은
한국의 자유 독립국을 결의,
테헤란 회담에서 스탈린이 지지함으로써
국제적으로 보장 받지만
얄타 회담에서의 미·영·소 수뇌들은
극동에서의 남진 정책을 소련에게 밀어
전쟁의 씨앗은 기어코 트고 만다

극동 아시아에 발 빠르게
소련이 깊숙히 디밀면서
위협 느껴 내민 삼팔선,
한반도는 세계 대전 끝나면서
남과 북의 허리를 둘로 잘려
비극의 역사가 시작된다

국제 무대에 이름도 없는 신생국이
한반도의 유일한 합법 정부로
유엔의 승인을 받은
정치 투쟁에 북한을 꺾어
훗날 육이오의 유엔군 파병을 끌어 내는

단단한 기초가 된다

민족 해방 운동의 노련한 소련에 의해
김일성 북한을 공산화시켜 가고
찬탁·반탁·좌우 대립의 낯 간지러운 혼란에서도
남한은 유엔 감시하에
총선거로 태어나지만
미극동 방위선에서
한반도의 이름 석자가 빠지자
북한의 오판을 불러 올
전쟁 원인이 좋다꾸나 집혀진다

오월도 화창한 봄날
헌옷이나마 깨끗이 빨아 정갈하게 다려 입은
유권자들 줄줄이
정부 수립 첫걸음 내딛는
기념비적인 5·10선거는
보통 평등 비밀 직접의 네 원칙이다

북한 남로당 선두로 한 좌파는
단독 선거를 한사코 말리고자
습격·파괴·폭력으로 나선
유혈로 얼룩졌으면서도
한 표 한 표
깨끗한 손길로 신성한 투표권을
95퍼센트가 행사한다

해방의 감격을 노래한 '귀국선'

'번지 없는 주막' '나그네 설움' '목포의 눈물' 등
일제의 저항 의식을 둘러 담은 노래
골목 골목에서 흐르는가면
두 동강난 분단을 노래한
'가거라 삼팔선'이
뭉친 가슴을 더욱 치더니
육이오 전쟁 중에
'꿈에 본 내 고향' '굳세어라 금순아'로
거푸 이어 불려지며
눈시울을 적신다

'쓰는 대로 글이 되고
박는 대로 책이 되어
억눌렸던 지적 욕구는
광복의 빛살이 부채살처럼
거리거리 퍼지면서
'무정' '상록수' '순애보' '찔레꽃'
'우리말본' '도산 안창호' '백범일지' 등
한글책에 굶주린 머리를 듬뿍 채운다

2

1948년 제주도 4·3 항쟁이나 여순 사건,
1949년 미군 철수 등
폭발 직전의 갈등이
한반도 산야에 흩뿌려 퍼지면서

육이오 전쟁은
1950년에 터졌는가

지난 아픔의 크기에 비례하는
찢어 벌어진 가슴팍 내리친
무엇이 어떻게
그냥 넘을 수 없는 미래다

육이오의 폭발은 전대미문의 그것
시간과 공간이 서로 만날 때
절망과 죽음의 두께와 그 무게

깡그리 잿더미로 덮힌 빈 땅 여기저기에
헐벗은 전쟁 고아의 부스러진 웃음이
앞날의 희망 모두가
우뚝 멈춰 버리는 그런 것 같은
전쟁은 모두 부서뜨리는 파괴지만
꿈틀대는 창조의 새로운 기회를
역설적으로 마련도 한다

남과 북의 분단선은
서로의 이해를 따져
허무를 무엇도
냉전의 싸늘한 전방 초소
마주 보고
자유·민주·인권의 언어 독점이
언어 왜곡의 강한 인식으로 바뀌어
일상화된다

이성을 마비시키는 전쟁은
한데 섞어 환각 상태로 몰아
시작되어서는 안 될
반드시 끝을 내야 하는 전쟁이다

1953년 남북의 전쟁은 끝냈으나
여파는 세계에 퍼지고 퍼져
빨갱이 때려 잡자의 매카시 선풍은
핵전쟁으로 깊어 가는데
육이오 전쟁은 말로 다 할 수 없는
피해를 안겼는데도
육이오를 '잊혀진 전쟁'으로 부르기도 한다

프롤레타리아 혁명, 마르크스 레닌주의는
이미 죽어
꼬리 한 자락도 안 보이고
이념적으로도 이미 썩어 송장이 된 북한은
연명할 아무것도 없다

3

삼팔선과 배를린은
유럽, 아시아 냉전의 복판으로
폭발의 순간 곧바로 국제화다

서울—평양, 도쿄—베이징

위싱턴–모스크바의
삼팔선에 연한 곳에 전선의 군사 대치

해일처럼 덮쳐 오는
초전의 불꽃은
누구 가릴 것 없이
피가 피를 부르며
끝내는 낙동강 연안 벼랑에서
포항·진주까지의 긴 강을 메운
시체와 시체들

4

6월 28일 0시의 서울은
해방에 뒤이은 제2의 해방이라며
통일 전쟁임을 주장한 김일성

7월 29일 사수로의 결정 떨어졌으나
손해 보면서도
서릿발 눈길의 초전의 우위를 누린
북한군 위세는
멈칫 하는 듯했지만
인천 상륙 직전
남단께까지의 그들 승리 의식은
하늘 찌를 듯 무서운 것이 없다

고지마다 시체 쌓이고
시체 방패삼아 또 싸워대는
지옥도가 곳곳에 펼쳐진다

가릴 것 없이 서로 뒤범벅되어
치고 박고 쏘고 찌르는
인간 도살장
더욱이 어두운 밤은 구별이 쉽지 않지만
빡빡머리 북한군의 잔인성이
바로 그들로

전쟁이 터진 후
8월 5일 주력이 낙동강까지 다다른
시간은 41일이고
8월 5일부터 9월 15일 인천 상륙까지의
시간도 41일이다

5

육이오의 닷새 만에
만난 적도
알지도 못하는
미지의 한반도로 달려 온
유엔군의 참전
전투기로 시작된 폭격으로
평양은 쑥대밭이 된다

햇빛 드러난 낮에는
터널이나 산 속 깊은 곳에 숨었다간
밤에만 나타나 얼굴 내밀 만큼
미공군 위력은
노르망디 상륙전 이후의 최대전이다

전쟁이 터진 지 하룻만에
도쿄의 맥아더 거처 워싱턴으로
미국, 유엔의 전쟁으로 넘어 간
육이오 전쟁
베트남전이나 걸프전보다
빠르기는 앞선다

6

어둠이 깃들면서
불빛 켜지고
일요일 서울의 새벽이 밝았다
북한산 오가는 빗소리
오는가 싶은데
제법 쏟아붓더니
빗줄기는 다시
분계선 일대 산 줄기 따라
가랑비로 변하면서
푸석거리는 흙땅을 적신다

포신에서 불 뿜어대는
동해에서 서쪽 안개 자욱한
황해의 모래사장에 걸쳐
이르는 서울 길은
번쩍이는 빛과 소음 속에서
그런 것들이 어떻게 땅에 내리꽂히는지
날은 허옇게 샌다

대한문에서 서울역 넓은 거리마다
시민들 박수 우렁차고
군가 부르며 오는 국군에게
흥분한 시민들은
만세 통일 만세 외친다

보따리 이고 지고 든
서울 시민들은 혼란으로
얼굴 파랗게 질려 어쩔 줄 모른다

캄캄한 하늘에
번쩍이며 흔들리는 땅
귀 째지는 소리 더불어
한강 다리 남쪽 두 개의 긴 경간이
출렁거리는 시꺼먼 물 속으로 떨어진다

다리 폭파로 한강물 속에 곤두박질한
군인·피난민은 어째서인지를 모른다
아무런 사전 경고도 없이
남쪽으로 피난가야 할

한강 다리는
그렇게 폭파됐으니 말이다

험준한 산맥의 동해안
평탄한 서해안의 습지와
내륙의 언덕배기 비탈,
골짜기와 낮은 지대의 논으로
남쪽과 서쪽으로
강은 넓고 깊다

압록강 너머 펼쳐진
훤하니 너르고 걸고 기름진
만주를 덥썩 물어야 한국도 넘볼 수 있다는
일본도 중국도 소련도
일본의 항복 후에
미·소의 책임 구역을 다루는 분계선으로
저들 입맛 대로 삼팔선을 정해
그렇게 삼팔선은 쳐졌지 않았는가

한국은 단일 국가다
오하이오 골짜기에 따라 그어진
그런 담벼락이 어디 삼팔선인가

휴가, 외출로
삼팔선은 텅 비어 있는 그런 시간
육이오는
그만 깜빡 잠들었을 때
갑자기 날도둑당한 사건이다

비원에서 낚시 드리운 이승만은
얼굴 살갗 프르르 떨며
도쿄의 맥아더와 워싱턴으로
냅다 전화줄을 흔들어댄다

4·19 혁명으로 국민이 원하면 물러난다는
유교적 자존과 권위 의식에
가슴에 덜컥 덥쳐 온 심각한 상황을
침착히 꿰뚫는 비상한 그의 현실 감각이
꿈틀대기 시작한다
그러면서도 국가의 존망 위기에
수도 서울 사수를 거푸 밝히고는
대전으로 내리뛴 이승만

임진강 다리 폭파의 실패,
한강 다리 조기 폭파의 불운이 겹쳐
그들의 남진을 저지 못하고
내주는 서울

'아침은 서울에서
점심은 평양에서
저녁은 신의주에서'의 자신감은
그렇듯 육성 녹음으로 시민을 속였다

이튿날 새벽 도쿄의 맥아더에게
'서둘러 우릴 돕지 않으면
여기의 미국 시민 한 사람씩 죽일 테니
잠 깰 때까지 잘 재우시오'로의 대답은

'힘 내십시오'란 격려 전보로
이승만의 일그러진 분노를 좀 가라앉힌다

그후 맥아더와 백선엽
백선엽·밴 플리트와의 거듭된 말
'우리 같이 갑시다'는
훗날 한미 동맹으로 이어진
특별한 용어로 거푸 단단해진다

7

9·28 서울 수복의 석달은
누구나 할 것 없이
반공을 가슴 깊숙이 심는 계기로
충격의 질과 크기가 컸다

스탈린·김일성 사진 걸린 거리거리
따발총·죽창 등으로
살상·수장 아니면 화장으로
피와 언어 똑같고
같이 숨 쉰 문화·역사가
어이없이 바닥에 깔려 부서진다

대포 소리 요란한 가운데
동족끼리 싸우는
올 것이 드디어 왔다는 처절함으로

시인 조지훈, 박목월은 목이 메인다
그 날이 오늘이라며
더럽게 살지 말고 지조있게 죽자며
평소의 덕목을 외치는데

'도살자 미제를 무찔러..., 찢고 물어 뜯고
간을 씹어도 풀리지 않을...' 어쩌구 저쩌구
냉혈의 저주 퍼붓는 시인 이용악이 있는가면

'오, 신이시여 우리는 어디로 가야 합니까'의
최정희 시인의 '난중 일기'도 있고
'전민족의 염원인 남북 통일이
인민군 손으로 환영한다'며
'전민족의 원쑤 이승만'이라는 김규식도 있다

칡뿌리든 무어든 먹을 수 있으면
걷어 넣는다는 어느 병사의 말이나
반역과 충성이 서로 오가는
죽음의 행진,
울혈로 가슴 한 복판이 터질
남북의 전쟁에서
누구도 어찌 못하는 혼란이 겹치며

붉은 깃발 붉은 노래
탱크의 무지막지한 게터필더 소리는
절망으로 끌어들인다

징집·지원병·가두 모병·학도병·국민병 등

한달 만에 국군은
그들과 겨룰 낙동강 전투와
인천 상륙의 병력을 갖추고 있다

피 내음의 섬뜩함
동족이 동족에 저지른 잔인성이 극에 이르는
인간의 인간에 대한 마지막 극점이다

첫 무악재 넘는 트럭이
따발총 모두 비껴 든
북한군을 꽉 채운 채 달리면서
삼십대 여인을 들이받아 치어
길바닥에 쓰러진 그 시체를
보고도 못 본 채 더 속력을 내 달려가는
그걸 본 시민들 분노의 훼오리
민중을 구하는 그것이 공산주의였나

애국 투사 그 가족을 월미도로 실어가
따발총 난사하거나 칼로 자르고
혀와 아랫도리마저 비벼 끊어
바닷속으로 밀어 처넣는가면
젖먹이조차 총칼로 찍으면서
감옥에서 묶인 채
골짜기 골짜기로
구덩이마다 몇 천을 넘는 시체 시체들

나치의 유태인 학살처럼
양민 학살은 지도 그릴 만큼 엄청나

히틀러 무리를 단죄하는
뉴른베르그에서조차 볼 수 없는 참살이다

낙동강에서 붙잡혀 온
대전에서의 국군 및 미군을 가둔 건물을
밤새 불질러 태우는가면
묶여 줄줄이 백 명 이 백명씩 끌어내
파놓은 땅 속에 쳐넣고는
다시 따발총으로 쏘아댄다

천 명 또는 그 이상이 원주에서
피에 굶주린 북한군 손에 학살당했는데
남경 대학살이나
바르샤바 유태인 학살과 견주는
대전 학살 사건이며

피난민을 가장
흰 옷으로 바꿔 입은 북한군은
우악스러운 어거지로
노근리 살상 사건이 터진다

마구잡이로 잡아들인 국민병을 시작으로
부정과 착복으로
숱한 수의 장병들이
굶주림으로 죽거나 질병으로 쓰러지는
죽음들의 행렬이
거리거리 누빈다

경주와 포항, 영덕 등의 백 몇 명은
총을 난사한 후 영일만 짙푸른 바다에
집어 넣는
진압과 평정에
자주 드러나는 질겁할 현상이다

미군의 제공권 휘어잡음으로
쓰러지는 양민의 숫자 만만치 않으며
자유 지키려는 전쟁에서
백인, 황인종들 간의 인종주의 또한 어쩌지 못하지만
방화나 겁탈은 비인도적이 아닐 수 없어
슬픔, 분노 치밀어오른다

누구에게서든지
억울하게 당한 사람들은
서로 지나간 옛날 일이라 잊는 것이 예사인가
진실과 용서의 맞바꿈
그 이상 무엇이 존재하는가

8

남침을 저지른 그들은
석달을 넘지 못하고
가을 바람 찬 바람으로 변하면서
멸망의 숨을 허덕댄다

전쟁은 도시건 들판이건
무자비하게 뻗치는데
은밀한 전쟁 준비에
번갯불 들이치듯
깜짝새 들쑤시고 일어선
남침 공격은
바람같이 몰고 와 잽싸게 잡아친
반전과 빠른 후퇴전은 그럴 듯한데
한 여름이 머리꼭지에 땀을 빼면서
북한군 단발머리의 운명에
전투 공격의 끄나불이 풀리기 시작한다

흙탕물에 흠뻑 젖은 인민복은
시체 벗긴 미군복으로 갈아 입었지만
후들거리는 비쩍 마른 뱃속에선 꼬르륵 소리

남한을 집어 삼켜 공산으로 가려는
소련·중공·북한은
거꾸로 위기에 몰리는 운명도 있음을
미리 알아챘을까

천 톤의 폭탄을 내리쏟는가면
바다에 깔린
숱한 함정과 전투기와
그에 못지 않은
새 젊은 병력을
핏발선 눈에 제대로나 보였을까

낙동강 전선 전투와 장진호의 혈투,
단장의 능선, 피의 능선,
펀치볼 전투에서 발휘한 투혼,
북진할 때 패주하는
북한군을 파괴, 괴멸시킴은
해군·공군의 위력이다

군사 시설 파괴와
적 후방을 무력화시키고
원산 앞바다 작은 섬까지
지금도 백령도·소청도에
해군·해병이 진을 치면서
북한의 옹진 반도와 해주까지
사정권 안에 두어선지
그들에게는 가시와 같은 존재다

인천 상륙과 삼팔선 북진은
전쟁의 새 경지를 이루는가면
중공의 참전은
인천 상륙에 비길 수 없는
또하나의 전기다

9

인천 앞바다는
전투기 함대의 폭격으로

핏발선 파도를 일으킨다
1950년 9월15일 인천 상륙 작전은
누구도 장담 못한
극적인 성공으로
석달 간이나 그들 세력에
무책으로 밀린
국군·미군 역전의 발판이다

한강 방어 때 역습의 작전 구상을
맥아더가 현실화시킨 그의 작품으로
육이오 남침 그때의 시작에
철저히 대응한 바로 그것이다

잘못된 인식은
성공한 후의 정설에 굴복해
새 신화로 남겨지는데
노르망디 상륙전과 마찬가지로
작전 시간이 조금 늦었더라면
북한은 인천 주변에
천의 요새를 구축함으로써
아예 넘볼 수 없을 상륙이 되었을지 모른다

인천항에 이르는 접근로는
매우 비좁은 수로 제외하고는
갯벌, 늪지대로 이루어 통과 불가능,
만수기 때라도
수심이 낮아 좌초되기 십상,
접근로는 작은 등대섬 팔미도와

해안 가까운 월미도다

인천항 간만의 차로 상륙 가능한
만수기는 새벽 6시 59분 전후다
저녁 7시 19분 전후 2시간 이내에
이루어져야 하는 극심한 제한이 있다
새벽 만수기에 선봉대가 월미도를 장악하고
저녁 만수기에 본대가 인천 해안을 치닫는데

월미도의 북한군 저항은
허를 찔린 듯 포격과 폭격에 혼이 빠졌는데
공격 개시 30분 후 월미도 고지에
깃발 휘날리며
12시간 동안 적진 한 복판에
피 말리는 고통의 기다림이 있다

인천 상륙의 성공으로
뒷통수를 기습당해 무너지는
그들의 꼴은 어제와 사뭇 다르다
태백산 지리산에
2만이 나뉘어 게릴라 되고
나머지는 북으로 탈출하는
북한군 부대의 형태조차 사라지고
갈갈이 찢기어 갈피 잡을 수 없이
흩으러져 후퇴하고 만다

발길 당당한 국군의 진입에 화드득 놀란
북한군 조무래기들은

내린 명령을 휘휘 젓거나
아예 흩으러진 집단에서 뛰쳐 나와
목숨 부지하려 몸부림치면서
붕괴의 처절함을 그대로 보이는데
사상으로 똘똘 뭉친 의지조차
힘없이 무너져 내리고
갈 길 못 찾은 채 이리저리
산으로 숨어들더니 빨치산이 된다

인천 상륙에서
9·28 서울 되찾을 때까지
열 사흘의 끔찍한 시간이 걸려
중앙청 꼭대기에 해병의 손에
첫 태극기 휘날린다

독 안의 쥐가 된 낙동강
불타던 전선은 허물어져
어디 가나 발길에 채이는
시체들 나뒹그러져 구르는데
갈갈이 찢기어 갈피 잡을 수 없었는지
쳐들어 올 때의 그 위세는
간 곳 없이 갈팡질팡
9월 21일 들어 이상을 느끼는 낙동강 전선
9월 23일 김일성은 총퇴각을 명령,
탈출 불가능한 부대는
게릴라전으로 지리산과 태백산에 숨어든다

산에 들어 배고픔도 잊은 채

끊임없이 고지를 오르내리고
밟아도 죽지 않는
꿈틀대는 뱀처럼 짓이겨도
살아나는 잡초처럼
한계는 있기 마련인가

가장 깊숙히 진출해
유엔군을 놀라게 한 전투 끝에 붕괴한
2천명은 지리산 게릴라로
3천명은 진주·산청·함양 거쳐
소백산과 테백산 넘어 탈출하다간
산산히 흩어져 붕괴한다

10

소련·중공의 지원으로
석달 전 감히 일으킨
육이오 전쟁의 성과는 힘없이 무너져
한 순간에 모든 것을 잃은 북한,
이러한 절박한 패배는
공산주의자들이 어거지로 쌓아 온
체제의 빈 종언이다

스탈린과 마우쩌뚱에게
육이오의 전쟁을 빌고 빌어 받았듯이
국군의 삼팔선 북진에

얼굴을 가리고는 거듭 하소연하는 김일성

북녘에는 추가령·마식령·언진·낭림 등
험한 함경 산맥이
반도를 가르고 있는데
국군의 어깨에 짓눌렸던 기운 되찾아
바쁘게 그들을 추격 북진한다

훗날 10월 1일을
'국군의 날'로 지정하듯이
그날 국군은 드디어
의기양양 맹렬한 기세로 쳐들었으며
강력한 체제 포기를 선언한 맥아더는
북진 통일의 정당성을 수순으로
무조건 항복을 요구한다

시월도 어언 저물어 갈 무렵
사나운 눈보라 산마루 휘몰아쳐
황량하게 만들고 있을 즈음
국군은 거듭 북으로 전진한다

아찔히 높이
우뚝 솟아 있는 태백 산맥은
금강과 오대와 설악을 안고 있다
천고의 처녀지와
어두컴컴한 골짜기와
가파른 자연 그대로의 산등성이가
국토를 가로지르고 있다

압록강 기슭에 이르기까지
동서를 잇는 지름길조차 없어
북에 이르는 유일한 통로는
해안쪽에 면한 골짜기뿐이어서
그 길로 밀고 오르는 국군들

10월 19일 중공군의 도도히 흐르는
압록강 첫 참전으로
미군의 격퇴는
현대사의 한 면을 다시 꾸미는
극적인 드라마다

스탈린은 중공군의 공중 지원으로
병력과 전투기를 비밀리에
중공군에 들이밀은 스탈린 음계는
퍼레스트로이카 이후
팔,구십 년 초에야 그 비밀이 알려진다

시월, 십일월에 걸쳐
압록강 건넌 중공군은 거듭해
강남쪽 깊숙한 산꼴짜기로 밀고 들은다

밤 아홉 시 좀 들어 행군 시작하는
중공군 그들 풍습대로
노래 부르고 북 치며
남으로 남으로 치닫고
먼동이 트면
우거진 숲 속에 숨어

떠드떠듬 시집을 읽는데
마오쩌뚱의 시집 '시인'은
꽤나 읽히도록 거들지만
시적인 투는 쉽게 느낄 수 없나 보다

십일월이 반쯤 가면서
영하의 칼바람이
시베리아에서 몰아쳐 온다

동상에 걸리고
숙영지 천막도 칠 수 없으며
공포와 추위로
물통은 얼어 터지고
유담리에서 함흥, 흥남까지 몇 킬로인가
뜨뜻이 입지도 못해 부르르 떨며
도리깨질하듯 뚜두리는
탄환비의 박차를 물리칠 수는 없다

중공군의 인해 전술
그것은 바로 장진호 전투에서 질러지는
사람 수와 총알 수의 숫자를
맞바꾸는 전술이다

11

평양 가는 차는

폭격 피하느라 어두워야 움직이며
날 새면 길가 아무 데나 엎드려 눈을 붙이는데
누구는 스스로
누구는 억압으로
피바람에 휘몰아치기 일쑤다

소설가 이광수와 국학자 정인보
시인 김기림과 김억, 김동환은
반동으로 몰려 질질 끌려 가는데
병으로 쓰러지거나
도망치다간 즉석 처형이다

북행길에 끌려 간 조만식은
'내 몸에 손 하나 대지 말라'며
10월 18일 오백 여명과 더불어 사살되며
이광수도 폣병으로
강계 만포에서 눈 감는다

일제 때는 항일의,
대전이 끝날 무렵의 국공 내전 때는
반국민당의 투쟁 장소로
다음은 육이오를 맞아
미국의 공동 투쟁에 나섬을 따지면
제국주의는 공산주의 혁명 다음으로 냉전이다

12

'이제 때는 왔다'
북진 통일을 거듭 주장한 이승만은
'북한군이 삼팔선을 없애 주었고
분단이 지속되는 한
한반도의 평화 질서는 없으며
침략자 물리치는데는 결코
삼팔선에 멈추지 않는다'고 말한다

미국은 깜짝 놀란다
그만 삼팔선에서
전쟁을 멈출 것이란 미국은
이승만의 입을 막지 못한다
두만강 압록강까지
밀고 올라가
철의 장막을 쳐부술 것이라며
삼팔선에서의 중지를 단호히 거절한다
국군은 당장 북진하라!

승리다 통일이다
쳐부수자 삼팔선–동아일보
남북 통일 큰 길로 앞서 달리니
백두산 영봉에 새날이 온다–공보처
10월 1일 삼팔선 넘어
북녘으로 바람처럼 달리니
7일 후에 유엔군이 뒤 이었으며

10월 10일 북한 전지역에 계엄령 선포하다

'뭉치면 살고 흩어지면 죽는다'

곳곳에 펄럭이는 감격의 태극기
산으로 바다로
흰옷 물결 거리거리 메우며
만세 만세

평양 시청 광장 가득한
대중 속으로 곧바로 파고들어
얼싸안고 외치는
반공 통일의 뜨거운 감동의 메아리는
북의 가슴에 안겨 뜨겁게 솟구친다

'왜 이제서야 왔느냐'
'국군은 덮어놓고 우리를 죽인다며'
'당신 만세',
돌아서면
'당신도 만세'는 북한의 새 유형어다

10월 15일 국군 평양 입성
평양 사수를 포기하는
김일성은 즉각 강계로의 후퇴 명령 내리며
빠르게 청천강 이북으로 물러간다

따라서 일어난
'항미 원조 전쟁' 시작

유엔군의 빠른 진경 속도에
또 한 번 당황한 중공은
유엔군의 북진을 멈추게 하는가

26일 국군은 초산에 이르러
압록강 물을 수통에 담는데
그 뉴스 듣고는
서울 시민들 흐느끼는 아우성은
무엇과 비교되랴

겹겹으로 쌓인
주검을 다듬는 손길인가
저 거치른 찬 바람
우물 속에 아무렇게나 곤두박힌
시체들 싸고 있는 우물물은
핏빛으로 검게 흥건하다

원산·함흥 형무소와
평양의 칠골리·사도리·덕산 광산·만룡산 굴에
몇 천명 몇 만명의 양민, 국군 포로들이
잔악히 처치해 버린
부첸발트나 다차우
또는 벨젠 등과 똑같은 재연이다

평양은 불바다 잿더미로
남은 것이란
하늘 찌를 듯 부석거리는
원한의 먼지뿐이다

남과 북 좌·우의 전투에서의 신천 학살은
좌파는 물론 우파의 피해조차
국군·미군에게 뒤집어 씌우는
미처 생각도 피치 못할 일들이
눈 깜짝할 시간에
번번히 여기저기서 일어난다

13

중공군의 인해 전술이 물 밀듯 밀어 닥친 후
서울로부터의 유엔군 후퇴는
팔십 일도 안 되는 기간에서의
가장 짧은 시간에 들이닥친
파장의 크나큰 충격의 시기다

무조건 항복을 내걸어 쪼아대는
그것의 반대 급부가
1·4 후퇴인가
인해 전술이 밀고 내려 온 그날
국군은 평양을 손에 쥐었으나
평양 점령과 월경 참전의 같은 날은
이상 야릇하지만
하나는 보이는
평양을 차지한 몸짓이고
하나는 보이지 않는
은밀한 비밀 월경이다

한 쪽은 승리를 거둬
폭죽 터뜨릴 일이고
한 쪽은 눈에 띌까
살살 국경 넘는다

별 것 아닌 것은
저절로도 느끼지만
엄청 큰 것은
생판 남의 일같이
중공군의 월경 비밀은
미군도 깜박 속는다

평양 점령은 전쟁의 끝이고
그것은 바로 대박의 통일이라는
서울도 도쿄도 워싱턴과 전선의 느낌이다

미군이나 국군 병사의 가슴은
오랜 만에 한숨 돌리는 기분이
확 트이고 있었지만
정보 부재와 오만이 몰아줌은
압록강까지 밀어붙이던
유엔군의 사기를 비틀어 짜낸
청천강 이남으로의 패배다

중공군이 쳐들어 옴을 눈치채
'역시 나왔구먼, 이제 겁쟁이 트르먼도
배꼽에 힘 좀 넣겠지'
이승만과 맥아더의 똑같은 구상은

원폭으로의 한 판 승부였다

서부에서도 동부 전선에서도
유엔군의 철수다
첫 겨루기 끝나면서
한 쪽으로 비틀어진 남은 힘은
다시 원점으로 돌려지지 않는다

얼어붙은 장진호 빙판 눈밭에 반사된
검붉은 새벽빛이
피를 흘린다
칼바람이 비명을 지른다
눈 무덤 속에서 울려 오는
망자들의 울부짖음인가
낭림 산맥에서 휘몰아쳐 오는
눈보라 소리인가

미해병과 중공군의 18일 간의 전투
강한 자만 살아 남는
생잔의 사투
영하 삼십도 개마고원의 병사들은
산 채로 찢기고 얼어붙어
마침내 전쟁의 신에
인간 재물로 바쳐져 간다

신은 어디에도 없었다
이는 인간이 아닌 짐승일 뿐이다
유엔군과 중공군의 수만이 전사

전투에서 살아 남은 미군은
해상 철수를 굳히고
젖먹이 둘러 없고
혹한의 눈밭 위를 허우적대는
그들마저 아우러 떠나면서
흥남 부두 폭파한 장본인이 된다
'바람 찬 흥남 부두에
금순아 군세어라'

북풍 타고 흩날리는
눈발 속에서의 장진호와 부전호 전투
쇠쪼가리 파편, 시신의 살점들이
연출된 영상에서나 볼
여기저기 나뒹굴은 참상들
끝 모를 북반의 고원 덮으며
굳어 버린 채
그것들이 방어벽의 모습으로 변해 간다

14

먹이에 눈독 들이면
끝장 날 때까지 집요하게 물고 늘어지는
마오쩌뚱은 물불 가리지 않고
국군·미군을 떠밀어 붙인
평양을 김일성을 대신해 되찾는다

트르먼도 벌겋게 독기 오르며
원폭 투하의 가능성까지 공개하면서 선포한
미국 전역의 비상 사태

차갑고 검은 동해에 길게 이어진
흥남 항구에서
북으로 진흙 자갈길이 뻗어 있다

길 옆의 땅들은
비어 두어 거칠어 쓸쓸하고
풀들마저 바람에 휩쓸려
갈색으로 변해
눈을 인 채 능선을 덮고 있다

깊은 골짜기 고갯길 뒤에
매복한 중공군으로
게을리 할 수 없는 경계인데
흥남은 온통 불바다로
연기 하늘로 내뿜으며
성탄절 저녁을 타고 있다

흥남 철수
육이오 전쟁 중에서도
불길 맹렬한 비극의 사태로
전쟁이 가져오는
혼돈과 참상의 축소판이다

빅토리호는 겨우 천육백톤 짜리 화물 대신

자그마치 일만 사천명을 태우고
거제도 장승포로 떠나는데
단테의 '신곡'에 나오는
연옥 같다
눈물어린 목숨에서
아이 다섯이
배 안에서 태어난다

하늘은 흐리고 바다는 고요했다
부두와 연안 비행장에 쌓아 둔
군수물자 불태우는
붉은 화염이
밤하늘 물들이는 가운데
피난민은 뒤엉켜 앞 다투어
수송선에 몸을 실으려는
타이타닉호 몇배를 넘는 그런 숫자에서도
사망자나 실종 한 명 없는
기적의 항해다
멀어져 가는 고향 산천 아스라한 지평선 보며
'안녕 안녕 함흥이여...'

15

12월 31일 북풍한설이 휘몰아치는
북녘의 겨울을
북치는 소리 외치는 소리

찢을 듯 퍼지는데
국군만을 골라 전략적으로 공략해
몰아 붙인다

육이오의 첫 전투에서는
국군의 후퇴였다면
1월 4일 후퇴는
바로 미국의 처절한 후퇴다

칙칙폭폭 연기 뿜는 기차에는
피난민이 짐처럼 겹쳐 쌓이고
그것도 모자라
기차 지붕마저 빈 자리 없이
남녀노소 가리지 않았는데
석달 동안 그들 손에 휘둘린 탓인지
서울을 텅텅 비우면서까지
피난민은 남으로 발길을 재촉한다

기차는 가다 서고
서서는 몇 시간이며
어쩌다 밤샘도 일전을 치른다

1월 5일 북한군이
서울에 다시 들어서자
서울과 평양에서의 축포와
베이징 천안문 광장에서의 열광

삼팔선 넘은 중공군은

더는 추격을 멈추고는 머뭇거리는데
팽덕희와 맥아더의 차이인가

거듭 부산까지 몰고 가
바다에 빠뜨리는 말 뒤로는
추격을 멈추어
평택–삼척 잇는 선에서 방어망을 쌓는다

승리 뒤에 남는 것은
전우의 시신들
그에 앞서
살아 남은 전우들은
무엇이 목숨보다 더 귀했던가

16

이고 지고 끌고 들은
피난민 대열은
가다 가다 쓰러지고
또 가고 다시 가는
줄 이어이어 길마다 틈없이 꽉 들어서
남으로 남으로
어린 것까지 달래 가면서도
남기고 온 다른 식구들 걱정이 태산이다

해방의 기쁨 안고

외국에서 들어 온 그들도
삶을 꾸리기도 전에
육이오로 파탄이 나 버린다

공산주의자 아닌 죄로
지식인 죄로
지주였다는 죄로
종교를 믿었다는 죄로
유엔과 미군 참전을 환영한 죄로
폭거의 씻을 수 없는
비극의 역사는
여기저기 사람 있는 곳이면
인민을 위한다는 구실의 공산 집단의 더러운
행위가 거침없이 벌어진다

내려친 죽창으로
머리 박살나 뇌수가 흩뿌려지며
알몸 여자들 뒤틀어 내동댕이쳐진
전율할 신풍리 방공호 학살은
인류 죄악사에 지을 수 없는
또하나 원산의 비극이다

1949년 6월 미군 철수가 이미 있음을
틀림없이 알고 있는 터에
오늘의 미군 철수는
어떤 뜻이 담겼는지를
너무 잘 알고 있는 누구인가

1·4 후퇴의 서울은
텅텅 비는 무엇도 가져 갈
아무 것도 손 댈 수 없는
맨몸 빈손으로 울며불며 떠난다

서로 한 차례씩 겨루기 끝나면서
첫 시작된 바로 그곳
국군과 북한군과의 전쟁에서
미군·유엔군과
신생의 중공군과의 전쟁에서 서로 부딪혀
비긴 것이 되고 말았는가

인해의 중공 그들이
북녘에 나타나지 않았더라면
남북은 이미 통일되어
둘로 잘린 이 자리에
태극기 드높이 날렸을 것인데
중국 대륙을 한 손에 휘어 잡은
거대한 혁명의 파괴력이 집중된
중국 공산당은 특수 성질을 가졌었나

17

헛 방송으로 국민을 안심시키려던
그는
육이오 전쟁에서 미국 전쟁으로 바뀌는

세계 전쟁으로
그의 특수 전략이 성공,
왕정 폐지와 공화정 주장하다가
한성 감옥에 갇혔을 때부터
단단한 사상 무장이 되어 있는 이승만

북한을 밀고 있는 장본인이
바로 소련으로 판단 내렸을 때
그 대응을 알고는
소리 소리 질러
자기 존재를 세계로부터 인정받는 데 성공,
나라와 민족을
냉전의 소용돌이 속으로 빨려듦을 단호히 끊어
오늘에 이른 이승만

논과 논 사이
산과 산 사이 누비며 흐르는 낙동강은
절망과 영광의 순간을
번갈아 내주면서도
말 없이 흐르기만 한다

칠팔월 두 달 동안
잠깐 전투 멈추는 저녁마다
포항에서 진주까지의 길고 긴 강을
가득 메운
주검과 주검들의 수 헤아릴 수 없는
강물이 붉게 피로 물든 공방전

흡사 아시아의 비스추라 강이나
히틀러와 스탈린의 승패에 따라
대전의 앞뒤가 결판날 그런
스탈린 그라드 공방전에야 어찌 비유하랴만
스탈린은 끝내 이겼고
연합군이 거둔 첫 승리한 후
다음으로 냉전이 시작되지 않았던가

그런 전후의 첫 대결에서
낙동강 전투는
냉전 초기의 자유와 공산이 맞붙은
치열한 전쟁으로
이를 방어하는 베를린처럼
자유 진영의 교두보였다

겨울의 북녘 또한
낙동강 못지 않은
살을 여의는 듯한 사나운 북풍 몰고
거친 눈발을 헤쳐 나간다

살갗 찢는 파편 조각 눈발처럼 쏟아지며
인간의 육체에 내리꽂을 때
피 섞인 살점 투성이
너덜너덜 떨어져 나뒹굴어
삶과 죽음의 공존이 순간을 덥친다

멎었는가면 다시 뛰는
그러다가 아주 굳어 버린

북녘의 북부 고원 여기저기
벗어낸 빨래처럼 차곡차곡 쌓여
맥아더의 공세를
재난으로의 행진으로 뒤바뀌어

두 달 여간 고속 전진 끝에 손아귀에 쥔
북의 영토를 일 주일 만에 내주고
도망치듯 다시 삼팔선으로 되돌아 온다

북녘의 철저한 파괴,
얻은 것은
북한 탈출 삼백 만 명 그 피난민이다

1·4 후퇴와 북진에서의 길고 버거운
남행길은
마치 죽음의 길이다시피
시들은 풀같이 기운이 빠지고
머리는 누구의 그리움
그것 하나만을 그리는
보고 또 보고싶음이다

북한 그들이 기대한
민중 봉기는 아예 찾을 길 없는 대신
맨주먹으로 싸워 이길
호국의 얼과
총력 안보의 정진 전력의 민족 기상이
눈빛에 화끈히 나타나
누가 이겨야 살아 남는다는 원칙이 정해져 있다

부산은 만원이다
남의 집 뒷켠 빈 자리 한 토막 억지로 잡아
헌 천막 치거나
산 꼭대기에 판자로 바람 막은
한 칸이 바로 집이다
그러면서 한 끼나마 입에 풀칠할
아무것도 없는 피난민의 처량한 신세는
퍼런 하늘의 색깔이 차라리 원망스럽다

영도 다리 밑이거나 돗떼기 시장은
온통 피난민들 북적거리는
허기진 사람들의 멀건 눈빛만
여기저기 서로 튀기고들 있는데

폭증한 피난민 뒤엉킨
부산에마저
북한은 외부의 교란과 폭동을 선동,
부산의 기능을 마비시키는
집요한 짓거리도 서슴치 않는다

18

죽고 죽이고
좇고 쫓기는
이 시간은 불행하다

1953년의 종전은
휴전을 고착시켜
전후 체제의 남과 북이
서로 틀어진다

1951년 11월 27일
쌍방의 임시 휴전이 선언되어
잠시나마 총성 멎어
전쟁은 이때 바로 끝이 났어야 했다

1950년 6월 25일 시작된 육이오 전쟁은
3년 1개월 2일 만에 끝이 났다
끝난 것이 아닌
잠시 쉬는
다시 일어날 그런 뜻이다

1972년 7·4 남북 공동 성명은
국가성을 인정하며
1991년 유엔 동시 가입을
성문화 국제화한 문서로
전쟁을 통한 평화는 없다는데
오는 것이 아닌
인간에 의해 만들어지는 것이
평화다

맥아더는 신이 아니다
꼿꼿한 몸매의 늠름한 그는
예의 그 파이프를 입에 물고 해임 딱지 든 채

태평양 건너 귀국하는데
격렬한 폭풍이
전국에서 일다시피 했다

가는 곳마다 환호의 군중 속에서
어느 누가 무엇 때문에 반대하고
무엇에 찬성의 외침을 지르는지
그도 저도 까닭을 모른다
그리고는 모두 사라진다

맥아더 그와 백선엽 장군의 악수 끝에
자연스레 나오는 똑같은 말은
한미 동맹의 튼튼한 다짐이다
'우리는 같이 갑시다'

'정의의 군대 용진하는 이 시각에
그 승리는 현대사의 커다란 비극 가운데 하나인
인위적 장벽과 분단으로 무색해졌다
이 장벽은 반드시 무너져야 하며
무너질 것이다
자유 국가의 자유로운 한국인들의 궁극적인
통일을 그 무엇도 방해하지 못할 것'
광복 3주년 미극동 사령관 맥아더의 축사다

태어나면서 위대한 사람이 있는가면
그후에 자신을 위대하게 만드는
사람이 따로 있다
상하 양원 회의에서 연설한 맥아더의

그 순간의 자리는
그 자리였을 것이다
'그냥 사라질 뿐이다'

페르시아 함대가 보이는 데서
예술을, 아크로폴리스를 얘기하는
아테네의 지휘자들,
그리스의 군인들은
계집 얘기를 지걸이며 웃는다
완강한 투창병이 그들에게 없었다면
헬레니즘 문화는
후세에 남길 빈 자루 아무 것도 없다

한 달 동안 거푸 걸으며
깔린 눈을 한 움큼 물 대신 삼킨다
그리고 아무렇게나 어디서건 쓰러져
고통과 분노도 느끼지 못한 채
눈을 붙인다

한강에 이르렀다
에티오피아 황제의 근위병에서
거치른 프랑스 대대와
터키병에 이르기까지의 직업 군인들과
예비병의 영국 등
16개 참전국 외에
의료 및 보급 지원 도운 나라
21개국
총 93만 명의 유엔군에 내린

전투 명령

서울 북쪽 방향 잡아
행주, 모래내에서 불광동 방향으로 진출
북한산 넘어 미아리 고개로,
수유리 방향으로 후퇴하는 북한군을 추격
사수 포기시켜 퇴각시킨다

1951년 3월
1·4 후퇴 피난민들
서울에 오기 시작한다
철저히 무너진 서울
물러간 상처는 너무 크다
학살된 시신 9천 5백구, 부상자 7천,
납북자 2만 5천, 실종자 4천
그들이 남기고 간 선물은
반공 의식이다

옛 모습은
하나도 없다
삼팔선을 넘어 온
인민군보다 더 많은
삼팔따라지들은 팔 걷어붙이고는
청계천·중랑천·정릉천변과
남산 기슭에 판잣집 지어
사는 꼬락서니 개미집 같고
판자와 골판지 벽 너머
방귀 소리도 들린다

동대문 앞 오간교 아래에
잿빛 액체 흐른다
판잣집에서 흘러나온
똥물과 음식 찌꺼기다
빨랫줄에 걸린
염색한 군복 나부랭이
너풀거리며 하늘을 가린 그후
다닥 붙은
판자 술집들 노랫소리

그런 청계천은
먼 훗날 시멘트 다리 모두 뻬게 없애고는
새로 깔끔히
처음부터 끝까지 다듬어져
먹을 만큼 깨끗한 냇물 흐르는 서울이다

19

봄이 왔다
단풍나무 채 물 들지 못해
마른 가을잎은 여태 매달렸고
숲은 새 잎 하나 없이 메말라렀어도
때깔은 무언지 다르게
높다란 가지 끝이 발그래하니
봄을 타 가려운가

거제도
바다에서 보는 섬은
더더욱 황홀하다

식구 부쩍 늘은 부산은
어디를 가나 사람들 서로 부딪혀
그대로 만원으로
포로들도 흥남 철수 십만 피난민도
거제도로 왔다
거제는 포로들 죽음의 섬이다

공산 포로 17만,
인공기 내걸고
수천 개의 수제 창검으로 무장해
폭동 일으킬 때마다 백 여명의 사상자 생겨
마치 전쟁터와 같다

1953년 6월 18일
부산 광주 논산 마산 대구 등의 수용소에 갇힌
2만 7천 여명의 반공 포로들을
국민적 분노를 담은
정치적 결단 내려
미국과도 사전 상의 없이 그 혼자서
전격 석방한 것과 더불어
미국과 상호 방위 조약을 이끌어낸
이승만의 승부사적인 결단은
박수 갈채를 받는다

20

휴전선에 대한 합의가
서로 오락가락하면서도
어둠 지면서 밤에는
무장 공비로 바뀌어
흰바지 저고리 차림 그대로
치열한 작전을 펴 나간다

1952년 9월 치열한 포격전과
몇 번의 백병전 끝에
백마 고지 탈퇴
스물 네 번이나 주인이 바뀐 나머지
국군·중공군 시체로 덮힌 고지로
길이 길이 그 전투의 치열 악랄함을
후세에 전한다

봄은 잔인하다
평화의 기운이 어렴풋이 싹틀 무렵은
싸움의 기세는 더욱 거칠어지면서
격렬히 전투가 벌어진다

기다림은 고통스러움인지
남북으로 갈리지 않은 땅들이
긴 풀들로 덮혀
철조망과 모래주머니로 둘러쳐져
수천 명이 벙커나 참호 속에

들어 앉아 있다

이따금 울리는 포 소리
불꽃이 튀는가면
평화 얘기를 곧잘 떠들면서
눈은 퍼렇게 떠
북을 지키고 있다

1952년 5월 유엔은
평양과 진남포에 맹폭 가하며
6월에는 수풍댐을 제외한
모든 수력 발전소를 폭격,
7월에는 평양과 사리원,
황주 일대의 군 시설, 보급소를 난타해
산하를 폐허로 만드는데
전투는 주로 휴전 회담을
유리하게 이끌려는 압박용으로
공군 및 해군에 이루어진다

판문점에서 마주 앉아
평화 회담을 하고 있는데도
예의 그 총질은 그치지 않는다
포로들을 서로 교환하는데도 말이다

'북진, 북진'
'한국을 팔지 말라'
시위 군중이 매일같이 거리 휩쓸어 일어선다
'한미 공동 방위 조약' 등을

미국으로부터 약속 받고서야
겨우 이승만은 북진 통일을 참아낸다

회담은 끝났다
1953년 7월 27일
아무 것도 해결 못하고 끝이 났다
조인이 끝난 고지들은 조용해졌다
전쟁은 없다
그러나 평화도 승리도 없다
이것이 '휴전' 그것이다

처참한 인간과
인간 충돌의 상징으로
비무장 지대에 남는다

김일성은 강대국 미국과
반공 이념 지닌 연합군 상대로 싸워 이긴 의미로
휴전을 확대 해석하고 기뻐 날뛴다
중공의 마오쩌둥은
큰 피해를 입었으면서도
중공이 초강대국 대열에 끼었다는
그것 하나만으로 만족해 웃는다

남북 통틀어 7백 5십만이 전쟁에 참전,
1백 8십만 명이 희생
산과 들에
1백 4십 5만 톤의 폭탄이 쏟아졌다

만난 적도 없고
알지도 못하는
미지의 한반도로 달려 온 미군 등
그리고 목숨 앗긴 희생에 대한
보은의 빚을 안고 있는데
포성이 멈출지
얼마를 잘도 모르는 증인은
늙고 병들어 역사의 저편으로 사라진다

육이오 전쟁은
시작도 끝도 없다
이긴 것도
얻은 것도
없다

그러나 그곳서 싸우고
그곳서 죽고
그곳서 살아 남은
모든 것은 그들 후손에
길이 길이 남겨진다

'거의 모든 일이 일찍이 있었다
그러나 많은 것이 망각되었다' – 아리스토텔레스

부록

시인의 산문

시인의 산문

1. '쓰는 것'과 '읽는 것'

'종이책에 기초한 문학은 그 권위를 더욱 잃어 그 존재 가치를 위협받기에 이르렀다'는 어느 외국 작가의 선언 말고도 이에 대해 여기저기 한탄의 한숨이 나온다.

그리고 '읽고 쓰는 능력'을 스스로 떨어뜨리면서 TV, 컴퓨터 등의 오락에 치우쳐 그것들이 책의 자리를 대신하고 있다. 더욱이 요즘의 휴대폰 실태는 버스나 지하철, 공원 할것없이 시간과 장소는 물론 그 대상도 초등생에서 노인에 이르기까지 한눈 팔지 않고 손끝을 놀리는 기막힌 세태가 되다 보니, 어느 한 구석에 책을 들고 있는 누구를 보면 신기하고 반갑기 그지없다.

그러므로 문학은 더 이상 세계와 자아에 대한 인간의 경험을 기록한 신화 또는 본질적인 인간 본성에 대한 보편적인 발언이 아니라는 것이 되는 듯하며, 인문학에 대한 천시 풍조, 쓰레기 베스트 셀러의 양산 등 기하급수적으로 커 가는 대중문학 시장과 컴퓨터와 영상으로 대표되는 미디어들이 '죽음의 문학'으로 재촉하는 위협적인 존재가 된 오늘이다.

오히려 이것은 열등한 인종을 지배하려 고안된 이데올로기의 도구라고까지 혹평하는데, 그러면서도 글을 쓰고 사고하는 확실한 방법으로서 문학에 대한 이상은 여전히 힘을 가지고 있으며, 설사 문학이 죽어 간다 해도 '문학 행위'는 계속할 것이라 했다.

서구 사회에서조차 시는 상실된 문학 장르로 취급받고 있다. 극소수의 동호인들만이 무슨 집회처럼 모여 시낭송을 하며 시를 음미하는 그런 것은 미래를 암울하게 만든다. 그러면서도 더욱이 난해하다는 '현대시'는 눈으로 보는 시각적 활자 문화로 독자와 계속 교감하고는 있다.

'산문은 행보이며 시는 춤'이라는 발레리의 말도 있지만, 시가 산문과 다른 것은 시에는 운율, 즉 리듬이 있기 때문이다. 그러나 시가 대중적으로 보급되면서 본래의 '야성적이고 역동적인 리듬'을 차츰 잃고, 시각적 형식에 치우치게 되었다.

따라서 '현대시의 난해'는 시가 본래의 청각적 기능을 상실하면서 독자와 공감대를 가질 수 있는 탄력과 공간이 협소해졌기 때문이며, 결국은 시인들만의 자조적 의사소통을 수단으로 전락한 결과를 가져 오게 되었다.

시는 읊는 것이 아니라 읽혀져야 한다. 즉 독자가 시를 읽는 것은 나름대로의 일정한 지식을 동원하여 그 규칙에 따르는 것이지만 그 시의 내용을 독자는 어떻게 이해하든 시인은 이를 거부한다. 그러므로 시의 독법을 알고 그 내용을 스스로 터득하고 소화시킴으로써 비로소 진정한 '독자의 권리'를 향유하게 되는 것이다.

때로는 시의 가치를 시인이 의도한 시의 핵심을 벗어나 엉뚱한 방향으로 끌고 가는 경우도 있다. 그러기 때문에 어느 한 독자의 감상이나 이해, 어느 특정 평론가의 독단적인 재단(비평)이 그 작품의 온전한 진면목이라고 단정할 수 없는 것이다.

문학을 학문화시켜야만 존재할 수밖에 없는 평론가들로부터의 시의 이해를 그대로 받아들여 확대시킴은 또한 문학인으로 생각할 일이며, 스스로의 문학, 즉 시의 올바른 이해 영역을 쌓는 일이 앞서야 한다.

김계덕

---

* 제4시집 '맨살로 일어서는 바다' 의 '시인의 산문 〈독자는 독자의 권리를 찾아야 한다〉'는 글은 '김계덕시세계'에는 수록되지 않았음.
* 제1편의 '시'는 〈시전집〉에 편입된 단행본 미제작의 〈제7시집〉 일부임.

2. 푸시킨의 운문과 번역의 난이성

푸시킨 시축제에, 처음으로 한국의 시인을 정식으로 초청해 주신 데 대해 소련 작가 동맹과 위원장에게 깊은 감사의 뜻을 드립니다.

그리고 이 자리를 같이 해 주신 세계의 저명한 시인, 작가, 특히 동유럽과 일부 베트남 등의 시인들을 직접 만나 뜻깊은 자리를 함께 하게 된 것을 대단히 기쁘게 생각합니다.

알렉산더 세르게비치 푸시킨에 대해서는 동방의 고요한 아침의 나라 한국에서도 그 명성이 널리 알려져 있으며, 그의 시와 산문 등이 여러 번역 도서로 출판되어 한국의 독자를 감동시키고 있습니다.

그러나, 톨스토이나 도스토예프스키 등 러시아의 대문호들의 이름은 우리의 중학생까지도 금새 알고 그 작품에 심취되어 끝없이 감동에 젖어 있습니다만, 푸시킨의 시에 대해서는 좀 거리를 두고 있음을 고백하지 않을 수 없습니다.

푸시킨의 시에는 은밀히 내재되어 있는 화음과 그 뜻과 이미지의 신비로움, 또한 그 음악성, 정확한 시적인 표현 등이 외국어로 완벽히 옮겨 낼 수 없는 어려움이 있으므로, 푸시킨의 문학, 특히 그의 시에 있어서는 동양은 물론 서양조차 잘 알려질 수 없는 이유가 있다고 생각합니다.

그리하여 마땅히 받아야 할 그의 작품의 가치가 외국에서는 온당히 평가받을 수 있는 기회를 잃고 있다는 사실을 이 자리에서 지적하지 않을 수 없습니다.

그것은 우리 한국의 독자들에게도 마찬가지라 여깁니다. 하지만 그의 산문인 '대위의 딸'은 우리 한국 독자의 상당한 수가 읽은 것으로 판단되어, 푸시킨의 생애와 그가 러시아를 비롯해 전세계에 미친 업적에 대해서는 너무나 잘 알고 있습니다.

우리나라의 대학은 물론 고등학교에서도 수업 시간에 푸시킨의 이름은 자주 언급되고 있습니다. 그러나 그의 시는 번역이라는 재창조에 부딪쳤을 때 푸시킨의 경이적인 운문의 표현을 진솔하게 맛보지 못하는 아쉬움을 가지고 있습니다.

푸시킨의 시는 말과 음과 뜻이 하나로 결합되어, 그의 영혼의 소리를 들을 수 있으며, 단순한 일상의 말도 언어의 연금사인 푸시킨의 부드러운 손길에 만져지면. 그 음으로 인해 곧 아름다운 시적인 언어로 둔갑합니다.

또한 푸시킨의 문학적인 표현 수단으로 운문의 형식을 따르기 때문에 그의 작품의 후레임이나 익스프레이션은 개성이 철철 넘쳐 흐르며, 한때 바이런의 영향을 받기는 했으나 그를 떨쳐 버리고 푸시킨 자신의 독자적인 독특한 자발성의 풍미를 물씬 풍기고 있기 때문에, 더욱 번역하는 데 있어 충분하게 옮길 수 없는 어려움을 갖게 하는 것입니다.

그래서 그의 시를 많은 비평가들은 모차르트의 소나타나 바하의 푸가처럼 조그마한 흠집도 없는 완벽한 것으로 평가되어지는데, 이러한 일련의 완벽성이 더더욱 외국어로의 번역을 난처하게 하는 것임을 여러분에게 알리고자 합니다.

이와 같이 푸시킨은 문학적인 천재성만을 가지고 있는 것이 아니라, 언어학적 천재성도 아울러 갖고 있는 여러분의 가장 위대한 시인이며, 러시아를 새롭게 창출해 낸 언어학자이기도 합니다.

푸시킨의 언어는 여러분도 잘 알다시피 18세기 이후 러시아의 역사를 그대로 나타냈으며, 그의 언어는 한 걸음 더 나아가 러시아어의 방향타를 잡기까지 한 것으로 우리는 생각하고 있습니다.

즉 러시아 언어사에서 고전 슬라브 종교어와, 유럽에서 유입한 프랑스 등의 모방 용어와 통속어의 여러 가닥들을 하나로 뭉쳐 새로운 현대러시아를 형성시켰다고 알고 있습니다.

'푸시킨이 우리의 시적, 문학적 언어를 창조했다는 것은 의심의 여지가 없으며, 우리 모두 우리 후손들이 해야 할 일은, 그의 천재가 남긴 길을 따르는 것뿐'이라고 투르게네프는 말하고 있지 않습니까.

또 도스토예프스키도 그의 '푸시킨론'에서 그의 천재적 시인의 예술성을 높이 평가했으며, 국민적 특질과 세계성, 전인류성을 강조함으로써 그때까지 서로 헐뜯고 미워하면서 갈등을 빚고 있던 서구파와 슬라브주의자의 두 진영을 접목시켰다는 점에 대해서도 푸시킨의 큰 공헌으로 평가했습니다.

푸시킨은 분명히 러시아 문학의 창조자이며, 러시아 문학을 세계문학으로 이끌어낸 주인공에는 여러분도 부인하지 못할 것입니다.

도스토예프스키는 계속해서 '푸시킨은 미지의 러시아를 처음으로 서구에 소개하는 교량 역할을 한 시인이며, 그는 서구의 동시대 작가들을 모두 제압하고 그 위에 올라, 세계문학의 리얼리즘 발전에 커다란 기여를 했다'고 극찬하는 것으로도 증명이 됩니다.

이러한 푸시킨의 문학을 올바르게 이해하고, 그의 작품 가치를 높게 평가하는 사람들은, 그를 셰익스피어나 도스토예프스키, 괴테 또는 베토벤에 견주어 그의 예술가적 천재성을 겸허하게 공감하고 있습니다.

그러나 러시아어뿐만 아니라 다른 외국일지라도, 번역이라는 난이성이 있게 마련인데, 러시아를 정통으로 알지 못하는 외국인에게는 비록 대중적이라고는 하지만 푸시킨 그가 7년이나 걸려 완성한 장시 '예브게니 오네긴' 같은 작품의 진정한 공감대를 형성하지 못하는 안타까움이 있습니다.

이러한 번역 문제의 극복을 위해 우리는 깊이 있는 공동의 연구가 절대로 필요하다고 생각합니다. 러시아문학은 러시아인만의 전유물이 아닙니다. 우리 모두의 문학이기 때문입니다.

오늘 위대한 시인 푸시킨의 인간과 그의 주옥 같은 작품을 기리는 축제에 즈음하여, 이제까지의 푸시킨의 진가를 전세계적인 차원에서 재조명해야 하는 기회가 되기를 바라며, 이 자리에 참석하게 된 것을 다시금 큰 영광으로 생각합니다.

대단히 감사합니다.

1990. 5. 김계덕

---

* 푸시킨의 유배지인 보스코프시의 푸시킨 문예극장과 소련작가동맹측의 재요청으로 모스크바의 콘론리홀 두 곳에서 연설한 메시지임.

3. 멀티미디어 시대와 전자출판

르네상스는 활자에 의한 인쇄혁명으로 이루어졌다. 그후 새로운 사고 작용으로 얻은 체계적 의식내용의 나아감은, 첨단지식이 새 경지의 산업혁명을 이루는 지적인 환경이 만들어지기 시작했다.

제2차 세계대전 후 반세기 동안 쌓아 온 지식, 정보가 빠르게 우리에게 다가 온 CD-ROM과 온라인 데이터 베이스 또는 멀티미디어식의 온갖 획기적인 전자출판으로 인해 제2의 산업혁명이 새로 시작되었다.

이러한 변혁의 전자정보화 시대를 맞아 전자매체와 문자 미디어가 공존하면서 지금껏 경험해 보지 못한 새 구도의 환경을 만든 것이다.

멀티미디어는 음성과, 그 음성 복제, 음향과 그 음향 복제, 영상과 그 영상 복제의 세 가지를 복제하는 기술이다. 그러므로 가장 큰 힘은 고성능의 컴퓨터, 즉 멀티미디어라고 할 때, 인쇄혁명을 일으킨 것은 소프트웨어적인 측면에 의해 이루어진 것이라고 할 수 있다.

도서(책)는 문자에 의한 커뮤니케이션의 수단으로, 책의 본질은 용지가 아닌 문자에 있다.

전자매체의 수단은 비문자 전달매체의 수단이었는데, 그후 돌연 팩스가 그 모습을 나타내면서 음성매체의 수단이 문자 전송매체로 바뀐 것이다.

따라서 문자의 도서와 비문자 도서의 전자 미디어의 둘이 존재하게 됨으로써 멀티미디어 시대의 위대한 변화라고 볼 수 있는데, 멀티미디어에 의해 지금껏 서로 대립한 책의 개념과 전자매체가 서로 하나로 합쳐진 것이면서, 새로운 구도의 새 환경이 펼쳐진 것이다.

뉴미디어와 용지를 매개로 한 출판은 서로 앞서거나 이기려고 한 관계인가, 아니면 모자람을 보태 완전하게 하는 사이인가에 대해 물론 보완적인 관계여야지 버티며 겨루는 관계일 경우에는 출판은 살아 남지 못한다.

전자도서는 컴퓨터에 입력된 도서를 기능을 이용하여, 독자로 하여금 더

편리하고 쉽게 정보를 얻을 수 있게 한 시스템이다. 컴퓨터의 화면을 통해 내용을 보고 하드 디스크, 디스켓, CD-ROM 등에 전자도서는 저장할 수 있는 것이다.

책은 정보전달의 매체로서 아무 거부감 없는 컴퓨터는 많은 장점에도 전자도서가 있어야 함은 많은 정보의 양 때문이다.

컴퓨터 없이는 정해진 시간 안에 검색하고 독자가 요구하는 부문을 이용하지 않고는 불가능한 일이다. 즉 독서의 능력이 컴퓨터의 도움으로 불가능을 가능하게 된 것이다.

용지에 찍어 낸 도서출판과 비용지출판을 크게 나누면, 용지도서 전자출판은 탁상출판(DTP)과 전산조판 시스템출판(CTS), 비용지 도서 전자출판은 디스크 도서출판(DBP)과 화면 도서출판(SBP)이다.

기획, 편집한 것은 어느 매체에 살아 남느냐만 다를 뿐 출판의 역할과 그 내용에는 달라진 것이 아무 것도 없다. 그러면서 용지출판의 비율보다 시간이 갈수록 전자출판이 더 널리 쓰여짐이 크게 퍼지고 있다.

CD-ROM은 복제의 가능과 긴 보존 기간, 그리고 값도 싸게 먹힌다. 그러므로 하나같이 경쟁적으로 구축하려는 인포메이션 하이웨이(정보고속도로)의 건설을 들 수 있는데, 종이문명이 전자문명으로 뒤바뀔 수밖에 없는 절대의 불가피성이 바로 여기에 분명히 있는 것이다.

용지도서(종이책)를 꺼리고 피하는 두두러진 쏠림이 여러 이유를 들어 곳곳에서 나타나는데, 이와 같은 변화의 첨병이 CD-ROM이며, 이것이 무겁고 두꺼운 책을 대신해 가고 있음은 주지의 사실이다.

종이책의 기획 출판은 여러 곳에서 암초를 만나 더욱 추춤해지고, 따라서 구매자를 잃은 책값은 거듭해 내려가고 있다. 이는 전자책이란 그것이 활용가치도 기존의 것보다 훨씬 높음에 주목하지 않을 수 없다.

앞으로 용지의 제한된 수명과 그 자원의 절약, 보관 장소 등의 문제를 해결하는데도 전자출판이 많은 기여를 할 것이다. 더불어 정보 내용, 찾아보기 등 특성이 있는 새로운 매체의 필요성이 더욱 늘어날 것이다.

전자출판은 컴퓨터를 이용하는 수단일 뿐이지, 주체는 어디까지지나 출판으로 전자출판은 책과 기술을 시대에 알맞게 앞으로의 길을 한 단계 뻗어 출판의 영역을 확장시킨 것이다.

그러므로 도서의 장점과 특성, 즉 저작과 제작, 유통과 수용 등 여러 면에서 어떻게 이어받을 것인가가 오늘에 주어진 임무이다. 그리고 저작권의 해결과 그 운영, 정보사회가 이를 어떻게 크게 펼쳐지느냐와, 새로운 매체들을 어떻게 이용하는 그 기술 등이 문제로 남는다.

CD-ROM 또는 온라인 데이터 베이스, 멀티미디어 형태의 전자 출판이, 다가오는 정보화 시대의 개인용 정보 단말기(PDA)의 도움으로 생산과 활용, 더 나아가 우리의 사고방식까지도 크게 바꾸어 놓게 될 중요한 시점에 있음을 어쩌지 못한다.

그러나 주로 문자로 표현되는 콘텐츠가 디지털 시대로 옮아 가면서 맞을 수 있는 질적 위귀는 엄청나게 여겨진다.

전자책은 앞으로 밀물처럼 닥쳐올지 모를 무협만화라든가 에로티카(erotica), 즉 성애를 다룬 소설, 춘화 등이 크게 범람하는 새로운 시대를 맞을 수도 있다.

전자출판은 이처럼 정보에의 접근을 효율, 신속화하는 데 크게 기여할 수 있게 되었으며, 전자출판물 산업은 정보산업의 일부로 고용창출과 경제성장에 큰 기여하는 산업으로 우리 앞에 다가서고 있다.

1995. 10. 김계덕

발문

기억되지 않는 역사는 반복된다

시인·중앙대 명예교수
함 동 선

김계덕 시인이 열 번째 시집(1. 그날 이후 2. 장시 6·25 전쟁)을 상재한다. 그리고 그 시집으로 팔순을 기린다니 기쁜 일이 아닐 수 없다. 이는 청복(淸福)이기도 하려니와 우리들의 긍지(矜持)일 듯 싶다.

김시인의 시는 감정의 분출을 절제하고, 시인 이정기 교수의 지적과 같이 디아노이아(dianoia ; 내포의 의미 내지 사상)의 주지적 수법과 이미지 중심의 의장(意匠)을 엿볼 수 있었다. 거기에 신화는 '시의 시작'임을 인식하고, 신화적 이야기보다 신화적 상상력을 보여 주었다.

주지하다시피 우리 시사에서 서구 지향의 주지주의, 과학주의 시는 전통을 잇지 못했다. 전통은 역사 의식을 내포하는데, 이 역사 의식은 과거성과 현재성을 동시적으로 인식하는 의식이다.

그런데 그들은 우리의 역사성과 현실성을 부정한 '과학 만능주의자'였던 것이다. 그러나 김 시인은 문명 비판의 성향임에도 불구하고 우리의 역사 의식을 계승한 것은, 우리 시의 전통적 구조 위에서 분비된 개성의 변화인 것이다.

장편 서사시 〈불의 한강〉에 이어 이번 〈김계덕 제10시집〉에 수록된 〈제2부 장시 6·25 전쟁〉이 그것이다. 특히 이 변화는 이번 〈제10시집〉에 수록된 〈장시 6·25 전쟁〉에서 두드러지게 나타난다.

6·25 전쟁은 김일성의 남침으로 시작된다. 우리 역사에서 가장 비참한 전

쟁이다. 그 전쟁은 인적 물적 피해보다도 우리 민족의 분열, 분단의 고착화, 통일에 대한 희망을 더 어둡게 한 전쟁이기 때문이다.

김 시인은 6·25 전쟁을 '잊혀진 전쟁'이라 했다. 우리 문단에서도 6·25 전쟁 또는 분단의 작품이 드문 것은 그것을 입증하는 셈이다. 그러나 소위 민중 문학이 한창이던 시절에는 많은 문인들이 이데올로기와 정치 운동에 편승 저널리즘을 타고 문단 권력화가 되었었다.

그때는 분단의 작품이 쏟아져 나왔고, 논의도 활발했다. 그러다가 민족 작가 회의 회장 고은 시인이 "이제 운동의 깃발을 내리고" 하는 성명을 낸 후 우리의 문단은 물론 언론에서 약속이나 한 듯 분단 문학에 대한 논의가 사라져 버린 것이다.

미국의 경우도 제2차 세계 대전과 베트남전에 끼어 6·25전쟁은 '잊혀진 전쟁'이었다. 그리고 6·25 전쟁을 '다섯 문단 전쟁'이라고 했다. 미국 고교 교과서에 6·25전쟁을 다룬 대목이 다섯 문단이었던 것이다.

이즈막 미국 상·하원은 6·25 전쟁 휴전 협정을 조인한 날인 7월 27일을 '6·25참전 용사를 기리는 날'로 정했다. 그리고 미국 관공서에 국기를 다는 19번째 기념일이 된 것이다.

'6·25 전쟁'을 잊어버리고 우리를 도와 싸운 미국은 전사자 54,246명, 참전 인원 4,850,000명, 부상자 468,659명(자료 국방부)을 내고도 휴전한 날을 '6·25 참전 용사를 기리는 날'로 정한 것은 우리의 부끄러운 일이 아닐 수 없다.

〈제2부 장시 6·25전쟁〉은 몇 가지 주목할 만한 특성이 있다. 첫째 기록성이 뛰어나다. 원래 기록 문학은 사실은 기록하는 문학 작품을 말한다. 다큐멘타리, 생활 기록, 일기, 여행, 탐험기에 이르기까지 사실에 의거한 논픽션의 문학 작품을 포괄한다. 그러나 〈장시 6·25전쟁〉은 한 편의 시에 우리가 겪은 6·25전쟁의 아픔을 원형 상징으로 형상화한 것이다.

남침을 하자 유엔 및 미국 등의 즉각 지원으로 공산화를 막을 수 있었으므로 그런 의미에서 〈장시 6·25전쟁〉은 우리의 자유 민주 체제를 지켜낸 기록인 것이다. 서울 침입, 낙동강 전투, 인천 상륙 작전, 서울 수복, 평양 입성, 장진호 전투와 흥남 철수, 휴전 등 한 편의 시에 전개된 6·25 전쟁을 한

울타리 속에 몰아 놓은 능숙한 조련사 또는 목동과 같은 시적 기교로 격전지 하나하나를 재구성 배열 총합한 기록은 우리의 역사 속에 용해되어 있다.

둘째 6·25 전쟁은 휴전으로 총소리는 멎었지만, 언제 다시 터질지 모르는 현재 진행형이다. 사실 우리의 근대사가 6·25전쟁의 요인과 무관하지 않다. 따라서 6·25 전쟁의 참상은, 김 시인 개인의 아픔이 아니라 우리 모두의 아픔이다. 그리고 우리 역사의 아픔이기도 하다. 그 아픔의 크기 만큼 기다림도 클 것이다.

이 기다림은 아픔을 통해 이루어지고, 이 과정을 통해 6·25전쟁은 완료형이 된다는 것은 모든 시가 갖는 역설적 구조다. 그리고 이 작품은 6·25 전쟁을 다룬 첫 번째 장시란 점에 우리의 역사적 의의가 크다고 보아진다.

김 시인은 말한다. 이 작품은 전쟁에서 싸우거나 죽거나 살아남은 후손에게 "길이 길이 남겨진다"고 말했다. 기억되지 않는 역사는 되풀이되기 때문이다.

김 시인은 옛날이나 오늘이나 한결같다. 늙지 않는 게 아니라 잘 늙는 법을 터득한 것 같다. 그것은 김 시인이 말하는 만보 걷기, 욕심 버리기, 느리게 살기와 연관된 것 같다. 이제 팔순의 청춘을 맞이했으니, 시사에 길이 남을 다음 시집에 기대가 크다.

김계덕 시세계

* 김계덕 시인의 시는 디아노이아의 시로, 문명사적인 높은 관점을 정점으로 리얼리티 인식의 인간 심리 작용을 정신 분석적 견지에서 시화하고 있다.　　〈시인, 문학평론가 이정기〉

* 김계덕씨는 시정신의 새로움과 문명 관조와 전통에 대한 새로운 인식, 또한 대상 포착의 다양성과 시의 본질성을 감득함으로써 문제작을 내놓았다.　　〈문학평론가 장윤익〉

* 언어가 갖는 의미의 다양성에서 그의 독특한 발상과 방법으로 폭넓은 새로운 경지를 시도했다.　　〈시인, 문학평론가 조병무〉

* 언어들은 현실과 문명의 오염에 대한 잠재적 비판을 깔고 있어 미학적인 흐름에 감탄한다.　　〈시인 권일송〉

* 시의 깊이는 그리스 로마 신화의 광원에서 지혜를 찾는 예각화한 지적 산물이고, 시의 넓이는 지적 사변성이 문명에 대한 도전 내지 비판 의식으로 확대되고 있다.　　〈시인, 문학평론가 박진환〉

* 문명 비판의 두드러진 성향과 이제는 삶의 성격, 우주적 질서, 윤리적 투쟁 등의 관심도 주목된다.　　〈시인 이영걸〉

* 김계덕의 〈불의 한강〉은 서사시 빈궁의 한국 문학사에 던진 한 시금석에 해당되며, 또 하나는 서사시 뼈대만이 아닌 좋은 시가 갖추어야 할 점을 확보한 점에 있다.　　〈문학평론가 김용직〉

* 서사와 서정이라는 이질적 양식을 한 맥락에 융합시켜 시로 형상하여 성공한 것은 시인의 역사 의식과 상상의 힘과 선명한 상상 서사력에 기인한다.　　〈문학평론가 백운복〉

＊ 김시인은 머리에서 가슴으로 가는 긴 여행에서 심장의 파동 소리를 들으며 시를 썼다. 〈시인 함동선〉

＊ 김시인의 시의 의식적 도달점은 달관의 경지, 즉 모든 갈등이 해소되어 알몸으로, 평안한 마음으로 돌아가는 세계, 이러한 시적 경지라 추측해 본다. 〈문학평론가 김태진〉

＊ 김계덕은 놓치거나 잃기 마련인 시를 놓치지도 잃지도 않기 위한 조치를 취하고 있다. 〈시인 전봉건〉

＊ 스스로의 것만으로 자기의 것을 독자적으로 창조하는 것은 예술 본연이 아닐 수 없다. 김계덕씨는 그런 면에서 평가할 수 있다. 그는 기존한 언어의 조탁과 리듬과 정서의 무드를 일체 배격하며, 내면의 개성적 토로를 주저하지 않는다. 〈시인 박재릉〉

＊ 인간 마음의 심연을 자의식으로 추구하면서 시로 밝힌 또하나의 인간학임을 확인해 준다. 〈문학평론가 장백일〉

＊ 한 마디로 김시인은 시집 전편을 통해 문명 속의 시와 사상의 정립을 위해 과감한 싸움을 전개하고 있다. 〈문학평론가 이경식〉

＊ 김계덕의 시가 내보일 가응한 한도 내의 그의 세계관이, 다각적인 세계인식으로 전개되고 있는 시가 존재론적이며, 영혼의 수수성을 지향하여, 그의 시가 거두고 있는 또하나의 모더니즘 기법상의 섬세한 미학을 드러낸다. 〈시인 이수화〉

＊ 김계덕 그의 시는 특히 문명의 역동적 위기와 인간 존재의의 원초적 의식의 상실을 칼 융의 원형유이성 경험의 환생, 반추, 퇴화, 변이에 의한 시의 서사성 형질로서, 메시아적 구원의 촉침을 수없이 발혈하고 있다. 이것은 현대시 정신의 첨예한 인식이라 보아, 김시인의 시가 한국현대시 정신의 '눈'의 역할을 해 주기 바란다. 〈시인 송상욱〉

＊ 메타포와 유추, 아이러니와 역설 등 모든 시적 요소를 통한 새 언어로써 인간 상황에 대한 존재론적 현실인식과 원초적 의식을 통한 열린 세계에서 지향, 근원적인 삶의 가치를 천착하는 작업을 한다. 〈시인 전재승〉

＊ 기발한 효과를 노리지 않는 담담한 언어로 시작, 그러한 언어는 오히려 시인 시도의 진지함을 전해 준다. 〈문학평론가 김우창〉

＊ 현대 문명의 아이러니와 비인간적인 비애를 노출, 시인 자신이 비극적 상황에 빠지지 않고, 객관적 영상의 면으로 묘사해 작품의 효과를 더해 준다. 〈시인 신세훈〉

＊ 물질 풍요가 이룩해 준 인간성의 타락에 심미안을 띠고 있는 씨는, 때로는 생경한 논리를, 때로는 무의식 세계에서 현실적인 이미지로 급한 변전도 활용, 영상의 폭을 넓혀 준다. 〈문학평론가 임헌영〉

＊ 우리 시단 일각에 또 한 사람의 스타일리스트를 등장시켰다. 그가 소유하고 있는 공간은 퍽 리드미컬한 일면을 보여 준다. 그것은 그의 유니크한 발상이 하나의 사상 앞에 진동, 회전하면서 그 사상에 화려함과 깊이를 더하기 때문이다. 〈시인 김지향〉

＊ 자연 회귀 의식은 인간 존재의 한계 문제와 함께 자기 응시의 해답을 주는데, 김시인의 정신이 어디쯤인가를 보여 준다. 〈시인 심상운〉

＊ 문명사적 시각을 통해 내 자신에게서 가야인의 체취를 찾아보기도 하고, 철학적 시각으로 삶의 근원, 단절, 그리고 복원의 절차를 생각하기도 하고, 이 시대의 모순과 왜곡의 현상에 격분하기도 하는데, 이 말은 당신의 목소리이기도 하다. 〈시인 이승복〉

악력 및 시집

약력

〈월간 시문학〉에 '사계', '황소와 살무사', '잃어버린 시간', '창세에 울린 소리' 등(문덕수, 신동집 교수) 2회 추천 완료(1976)로 문단 데뷔.

국제P.E.N.클럽한국본부 감사, 이사(1979–2000), 〈펜문학〉 편집, (현)자문위원(2015).

한국문인협회 이사(1996), 윤리위원(2001).

한국현대시인협회 이사, 지도위원, 부회장(1976–2004).

시문학회 회장〈초대〉(1980).

제12차 서울세계시인대회 상임위원(1990).

'1996 문학의 해' 기획집행위원(문화공보부 및 한국문인협회).

'국제적 이해 및 증진'에 대한 공로로
　　서울세계시인대회(대회장 정한모) '감사장' (1990).

〈펜문학〉 편집의 공로와 〈펜문학상〉의 기금 운영위원'의 공로로
　　국제P.E.N.클럽한국본부(회장 김시철) '감사패'(2000).

제14회 시문학상.

제8회 윤동주문학상(본상) 수상.

제24차 스톡홀름 국제P.E.N.클럽대회 한국대표(1978).

소련작가동맹 공식초청(김경린 시인과).

'Pushkin Poetry Festival'에서, '푸시킨의 운문과 번역의 난이성'의 주제로, 푸시킨의 유배지인 보스코프시의 문예극장에서와 소련작가동맹의 재요청으로 모스크바 콘론리홀에서 두 차례 연설(1990).

파키스탄 예술원 공식초청(극작가 이근삼 교수와)

'제1회 국제문학인 및 지식인회의'(1995) 참가. 주제 '멀티미디어 시대와 전자출판'에 대하여.

〈파체(破涕)〉, 〈겨울바다〉 등 단편 20 여편, 장편 〈잃어버린 눈동자 2,500장 정도〉, 에세이 〈너와 나의 대화〉 등 산문에 주력하면서 시에로의 전환.

1937. 서울 종로 사간동 출생. 1961. 건국대학교 국어국문학과 졸업. 국회도서관 도서과 촉탁. 국제 PEN 에디터. 출판사 편집장(10년) 거쳐 1972. '계원출판사' 창업〈편집 겸 발행인〉, 도서출판 '문장' 〈편집 겸 발행인〉. 동서문화사〈편집위원〉, 대한출판문화협회 이사, 한국출판협동조합 이사.

시집

〈창세에 울린 소리, 1976, 동서문화〉
〈시지포스와 새, 1983, 동서문화〉
장편서사시 〈불의 한강, 1989, 문장〉
〈맨살로 일어서는 바다, 1992, 문장〉
〈황무지의 꽃, 1996, 문장〉
살아 있는 날의 풍경, 2000, 문장〉
〈김계덕시작품론(2002, 이정기, 문장〉
〈김계덕시전집, 2006, 동서문화〉
〈김계덕시세계, 이정기, 함동선, 김용직, 조병무, 장윤익 외, 2007, 동서문화〉
세계기행시집 〈세계의 빛과 그늘을 걷다, 2011, 동서문화〉
한국기행시집 〈가는 길이 가는 길이어서 좋다, 2013. 새정보미디어〉
〈김계덕 제10시집 1. 그날 이후 2. 〈장시〉 6·25전쟁, 2015, 동서문화〉

김계덕 제10시집

　제1부 그날 이후

　제2부 〈장시〉 6·25전쟁

발행일 / 2015. 4. 14

저　자 / 김 계 덕

발행인 / 고 정 일

발행처 / 동서문화사

창업 1956. 12. 12

등록 16−3799(윤)

서울 강남구 도산대로163 (신사동 1층)

전화 546−0331−6

FAX 545−0331

Mobile ； 010−2374−1418

www.dongsuhbook.com

ISBN 978−89−497−0918−5　03810

값 10,000원